무직전생
~사족 편~
조블레스 레드 카펫
3
글 리후진 나 마고노테
일러스트 시로타카

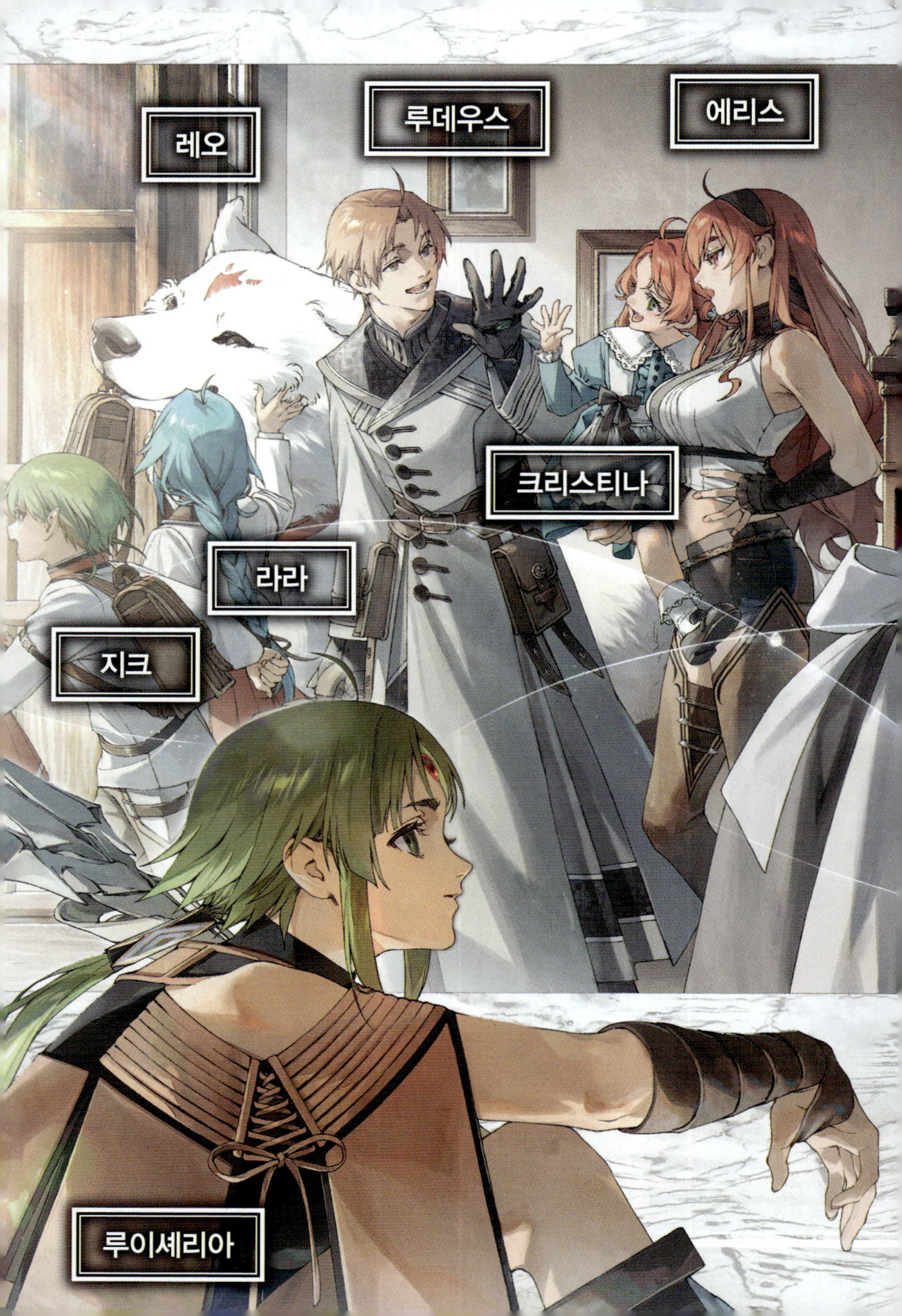
레오
루데우스
에리스
크리스티나
라라
지크
루이셰리아

아이샤
아르스
인물소개

그 순간은
전조도 없이 찾아왔지만,
지금이라는 걸 알았다.

무직전생

~사족 편~

3

글 리후진 나 마고노테 일러스트 시로타카

무직전생
~사족 편~
3

조블레스 레드 카펫

조블레스 레드 카펫

완벽한 인간 따윈 없다. 분명히 어딘가에 결점이 있다.

People will always have their charms.

글 : 루데우스 그레이랫

옮김 : 진 RF 매곳

조블레스 레드 카펫

조블레스 레드 카펫

1. 499년

갑룡력 499년.

루데우스 그레이랫 사후 18년.

중앙대륙 북부에 있는 이름도 없는 깊은 숲속을 한 남자가 달리고 있었다.

땀이 난 이마에는 머리카락이 달라붙어 있고, 숨도 가쁘다.

외모는 지극히 평범. 어디에나 있는 상인의 모습. 그것 외에 꼽을 만한 특징은 없다.

그는 몇 번이나 뒤를 돌아보면서 숲속을 향해 계속해서 달아났다.

달아났다. 그래, 그는 지금 도망치고 있다.

무엇에게서? 뒤에서 쫓아오는 살기에게서.

주위는 조용해서 새의 날갯짓 소리조차 들리지 않지만, 분명히 무언가가 쫓아오고 있음을 느끼고 있었다.

"…신이시여!"

그 사람이 그렇게 중얼거리며 품에 손을 넣어 움켜쥔 것은 아슬라 왕국의 문장이 들어간 단검.

이것 또한 흔하게 있을 법한 단검이지만, 아는 사람이 보면 그 단검이 일개 상인이 가지고 다닐 만한 물건이 아니라고 한눈에 알아차리겠지.

그는 간첩이었다. 중앙대륙 북부를 주름잡는 귀신제국의 내부 사정을 캐기 위해 파견된 몇 명의 첩자 중 하나였다.

고작 몇 년 전에 건국되어서 20년도 되기 전에 중앙대륙 북부를 정복한 귀신제국은 그 기세를 몰아 중앙대륙 서부… 즉 아슬라 왕국까지 쳐들어오려 했다.

적룡의 윗턱이 있는 한 아무리 강대한 전력을 자랑하는 제국이라고 해도 아슬라 왕국을 침공할 수는 없다.

그렇게 알려져 있었지만, 귀신제국에게는 비책이 있었다.

그리고 남자는 그 비책의 정보를 입수했다.

입수하고 말았다.

고로 쫓기고 있다.

통신 수단은 모두 파괴되었기에 직접 정보를 가지고 돌아가려다가, 국경에서 결국 들키는 바람에 숲으로 도망칠 수밖에 없었다.

추적자는 귀신제국 안에서 가장 두려움을 사는 존재. 아군도 죽인다는 처형인.

귀신제국 제2군의 특무헌병 '영추귀'.

악명 높은 스펠드족.

루이셰리아 스펠디아.

남자는 알고 있다. 귀신제국의 정보를 계속 모아 왔기에 알고 있다.

그녀에게 쫓기면서 살아 도망친 자는 없다.

탈주병이든 배신자든 간첩이든, 그녀는 모든 것을 몰아붙인다.

그녀 한 명뿐이라면 도망친 자가 있었을지도 모른다.

스펠드족의 **눈**으로부터 도망치는 것은 간단한 일이 아니지만, 그래도 결국은 단순한 감각 기관. 그걸 속이는 수단도 있고, 대항 수단은 많다.

하지만 '영추귀'에게는 그림자가 있다. 그림자 없는 그림자가 함께 있다.

그림자 없는 그림자 '무영귀'가.

남자는 그 그림자의 정체를 모른다. 그런 것은 그냥 술집에서 떠들어 대는 헛소문에 불과하다고, 며칠 전까지만 해도 그렇게 생각했다.

하지만 지금은 다르다. 분명히 있다고 알고 있다.

'영추귀'의 추적을 돕는, 그림자 없는 그림자가.

그러지 않으면 설명이 되지 않는다. 그러지 않으면 자기 존재를 들킬 리도 없다.

쫓길 리도 없다.

"크윽… 후우… 허억…."

아직도 뒤에서는 쫓아오고 있다.

아무 소리도 안 나지만, 남자는 오랫동안 간첩으로 살아왔다. 쫓기고 있다는 것만큼은 안다.

그리고 희미하게 느끼기도 하였다.

'따돌리지 못하겠군….'

맞설 수밖에 없다. 어딘가에 매복해서 기습, 제거하는 수밖에 없다.

지금까지 수없이 간첩을 잡고 죽여 온, 저 루이셰리아를.

아직 한 번도 실패하지 않았다는 '영추귀'를.

"헉…. 휴우…."

남자는 발을 멈추고 나무에 등을 기댄 채 크게 숨을 내뱉었다.

"음?"

그러다가 깨달았다.

울창한 숲속에 덩그러니, 무슨 시내에 있을 법한 집이 한 채 서 있는 것을.

오래된 집이긴 하지만, 무너지지 않고 멀쩡한 모습으로.

"……."

남자는 그 집으로 다가갔다.

이런 곳에 집이 있는 건 뭔가 이상하지만, 그래도 써먹을 길이 있다고 생각했다.

숲속보다 집 안이 기습하기 쉬울 것 같고.

하지만 남자는 그때 위화감을 느꼈다.

집에 출입구가 존재하지 않았다.

창문도 없다.

"설마."

남자는 마음이 술렁대는 것을 느꼈다.

소문으로 들은 적은 있었다.

십여 년 전에 죽은 위대한 대마술사 루데우스 그레이랫의 연구소에 대해.

그는 세상에 드러낼 수 없는 연구를 위해 전이마법진으로만 드나들 수 있는 비밀 연구소를 만들어 숨겨 왔다고.

그곳에는 막대한 양의 연구 자료가 숨겨져 있고, 그걸 손에 넣은 자는 엄청난 지식을 얻을 거라고.

비약을 거듭해 온 귀신제국은 바로 그 지식을 손에 넣었기에 진격을 계속하고 있다는 소문마저 있다.

남자는 마술로 벽의 일부에 사람 하나 정도 드나들 만한 구멍을 뚫었다.

그 구멍에 머리를 집어넣고 억지로 몸을 틀어가면서 안으로 들어갔다.

등불의 정령을 소환하여 주위를 밝히면서 신중하게 안으로 들어갔다.

테이블과 책장, 알 수 없는 마도구….

테이블 위에 대수롭지 않게 놓인 메모에는 자동인형에 대한 기록이 있었다. 자동인형의 오래된 모델에 대한 메모다.

틀림없다. 여기는 루데우스 그레이랫의 비밀 연구소다.

남자의 얼굴에 희망의 빛이 떠올랐다.

여기가 비밀 연구소라면 전이마법진이 있을 거다.

십수 년 전, 세상의 모든 전이마법진이 빛을 잃었지만, 여기라면 혹시 전이마법진이 아직 있을지도 모른다.

하지만 남자는 거기서 어떤 것을 발견했다.

아슬라 왕국의 왕실 서고에서 딱 한 번 본 적 있는 표지의 책이 대수롭지 않게 놓여 있었던 것이다.

그것뿐이라면 남자도 그리 흥미를 품지 않았겠지.

하지만 거기에 어느 숫자가 적혀 있었다.

29.

왕실 서고에 있는, 총 52권이라고 알려진 책들 중에서 유일하게 현존하지 않는 환상의 책.

"…이건."

『루데우스의 서』 29권.

그것을 손에 든 순간,

"윽…."

남자는 신음 소리를 흘렸다.

바들바들 떨리는 손으로 가슴을 만졌다.

하얀 창끝이 가슴에서 튀어나와 있었다.

알아차리지 못했다. 아직 거리는 있었다. 기습을 준비할 만한 시간은 남아 있었다.

돌아보니 어느 틈에 뒤에는 조용한 살기를 띤 여자가 서 있었다.

그리고 손에 든 단창으로 남자의 가슴을 꿰뚫고 있었다.

그것이 남자가 본 마지막 광경이었다.

"흥."

여자가 창을 뽑자, 남자의 몸이 무너져 내렸다.

여자는 그가 완전히 죽은 것을 확인한 뒤, 창을 휘리릭 돌려서 창끝에 묻은 피를 날려 버렸다.

피는 포물선을 그리며 날아가서 철썩 하고 벽에… 아니, 어느 틈에 벽 쪽에 서 있던 남자의 얼굴에 튀었다.

언제부터 있었을까, 아니면 없는 걸까.

너무나도 존재감이 희박한 남자는 등불의 정령이 비추는 가운데, 기분 나쁘게 웃고 있었다.

★ ★ ★

"루이셰리아 씨."

"왜?"

"갑자기 무슨 짓이야."

난데없이 피가 튄 남자는 쓴웃음을 지으면서 항의했다.

당연한 소리다. 적을 쓰러뜨린 뒤에 무기에 묻은 피를 아군에게 날릴 필요 따윈 없으니까.

"미안…. 하지만 일이 끝나면 멋진 모습을 보이는 게 중요하다고 아르스도 그랬어."

루이셰리아는 그렇게 말하며 입을 삐죽거렸다.

"멋진 모습이란 것은 봐 주는 상대가 필요하지."

"네가 있잖아."

"그 봐 주는 상대에게 피를 튀기면 안 되잖아."

남자는 그렇게 말하면서 품에서 손수건을 꺼내 대충 얼굴을 닦기 시작했다.

"그렇기는 해도 매복하고 있을 줄 알았는데, 왠지 굳어 있어서 김이 샜군."

"그러게."

"그런데 이런 데에도 있었네. 루데우스 그레이랫의 비밀 연구소."

"삼촌은 비밀 기지를 만들기 좋아했다고 하니까. 헨리랑 임무로 다니다 보면 자주 보게 돼."

"숲속 깊은 곳 같은 외진 동네에 자주 가니까."

헨리.

그렇게 불린 남자의 본명은 헨리 마케도니아스.

'남에게 잘 인식되지 않는다'는 저주를 가진 헨리는 루이셰리아의 파트너였다.

그는 그 특성을 살린 정보 수집을 특기로 삼는다.

'남에게 잘 인식되지 않는다'는 저주는 강력하다. 누구도 그를 인식할 수 없다. 누구도 그를 기억할 수 없다. 물론 적이 될 수 있는 모든 존재도 그를 본 순간 기억에서 그가 사라진다.

누구의 눈에도 남지 않고, 대화했다는 사실마저 잊어버리는, 최고의 첩보원이었다.

그렇긴 해도 저주란 양날의 검이다. 평소에는 저주 해제 가면을 써서 저주를 줄이고 살지만, 그걸 벗으면 대부분의 인간이 그의 얼굴도 이름도 기억할 수 없다는, 가엾은 남자이기도 하다. 설령 가족이라고 해도 친어머니 정도밖에 그를 인식할 수 없다. 아버지조차도 그를 잘 인식할 수 없었다.

그런 수상쩍은 자를 귀신제국은 왜 받아들였는가를 말하자면….

그의 할머니는 그레이랫 가문과 관련이 있는 사람이었다. 그렇다고는 해도 그 할머니조차도 헨리가 자기 손자라는 사실을 기억하지 못하지만….

귀신제국 안에서도 헨리라는 인간을 인식할 수 있는 이는 많지 않다.

하지만 제3의 눈을 가진 스펠드족은 다른 이들과 인식 방법이 다르다.

루이셰리아는 헨리의 맨얼굴을 기억할 수 있는, 몇 안 되는 인간 중 하나였다.

반대로 스펠드족으로서 높은 전투 능력과 탐색 능력을 가졌으면서도, 아버지에게 물려받은 무뚝뚝함과 어머니에게 물려받은 덤벙댐을 겸비한 루이셰리아를 서포트할 수 있는 인재도 드물어서, 두 사람이 콤비를 짜는 것은 필연이라고 할 수 있겠지.

문제 있는 두 사람이 모인 꼴이지만, 두 사람은 손발이 잘 맞았다.

헨리가 적의 가까이까지 접근해서 정보를 수집하고 적의 위치를 캐내고, 루이셰리아가 추격한다. 그러한 형태로 두 사람은 모든 위기 상황을 타개하고 적을 쓰러뜨려 왔다.

"아, 이거."

그런 헨리는 방금 전까지 쫓던 남자가 손에 들고 있던 책을 주워들었다.

사일런트 암호로 '29'라는 글자가 적혀 있었다.

"『루데우스의 서』 29권이잖아."

"29권이 왜?"

"환상의 책이야. 이것만 없어서 사본도 만들어지지 않은 놈. 아슬라 왕국에서는 혈안이 되어서 찾고 있을걸. 또 사장도 수집하고 있으니까 가지고 돌아가면 보너스가 나올지도."

"그거 좋네. 그래서 무슨 내용이야? 읽어 봐."

"응."

루이셰리아의 재촉에 헨리는 책을 펼쳤다.

헨리는 첩보원으로서 모든 정보를 다루기 때문에 수많은 언어에 정통하다.

당연히 사일런트 암호=일본어를 읽고 쓰기도 가능했다.

"어디 보자, '내 아들 아르스 그레이랫과 내 여동생 아이샤 그레이랫의 폭주, 그리고 내 인생 최대의 잘못에 대해, 이제 좀 상황이 정리되었기에 이야기해 볼까 한다.'"

거기까지 읽었을 때 헨리는 루이셰리아와 시선을 주고받았다.

아르스와 아이샤.

두 사람과 굉장히 가까운 사람의 이름이었다.

★ ★ ★

며칠 뒤, 적룡의 턱에 있는 귀신제국의 거점에 존재하는 방에서 한 노인이 서류 작업을 하고 있었다.

눈은 흐릿하고, 입은 반쯤 벌어지고, 펜을 쥔 손에 힘은 없다.

하지만 힘이 없는 와중에도 결코 손이 멈추는 일은 없었다.

종이 한 장에 자기 이름을 적고, 다음 장에도 이름을 적고, 그다음에도 또 이름을 적으려다가 아아~ 신음 소리를 내더니 이름 대신 '기각'이라고 적었다.

그리고 크게 한숨을 내쉬고, 이름을 적어야 하는 종이다발들에 시선을 주더니 으아아 하고 슬프게 한숨 쉬었다.

죽어 가고 있다든가 그런 게 아니다. 서류 작업이 서툰 것이다.

"스승님, 지금 돌아왔습니다."

그런 노인의 방에 두 젊은 남녀가 들어왔다.

"오오, 돌아왔나."

노인은 두 사람을 보더니 손을 멈추고 희색이 가득한 얼굴로 일어섰다.

"무사히 네 명 다 처리했습니다."

"그래, 그래. 고생 많았다."

"다음 임무는?"

"아슬라 왕국 침공에서는 고생 좀 해야 하겠지만, 아직 시간은 있다. 한동안 쉬도록 해라."

"알겠습니다."

빠릿하게 경례하는 헨리와 무뚝뚝하게 끄덕이는 루이셰리아에게 노인은 온화한 웃음을 보냈다.

"그리고 스승님, 마지막 한 명을 처리할 때 재미있는 걸 발견해서."

"재미있는 거?"

"이겁니다만."

헨리가 내민 것을 보고 노인의 한쪽 눈썹이 꿈틀거렸다.

"오오, 『루데우스의 서』인가…. 그것도 환상의 29권. 사장도 기뻐하겠군."

"네… 하지만 내용이, 저기."

"흠?"

노인은 그것을 받아들고 펼쳐 보았다.

첫 페이지를 펼치고 적힌 글을 읽다가 멈췄다.

한동안 가만히 있다가 그는 크게 한숨을 내뱉었다.

"그래, 그때 일인가…."

"왠지 읽으면 안 될 것 같아서 중간까지 읽다가 말았습니다만, 시작부터 불온한 느낌이 들더군요."

"음, 아니…. 그래, 단순히 가족 안에서 일어난 불화의 기록일 뿐이지만…."

"모르는 편이 좋을까요?"

"아니…. 나한테는 그냥 젊을 때의 치기 같은 거라서, 좀 창피할 뿐이야."

노인이 그렇게 말하자 헨리가 의외라는 표정이었다.

"'풍신風神' 아르스라고 불리시는 분도 잘못을 저지르는 시절이 있었군요."

"그야 당연하지. 늙음은 불평등하지만, 젊음은 평등하게 잘못을 저지르게 하지."

노인은 아르스 그레이랫.

귀신제국 제2군 특무부대의 대장이고, 용신 올스테드의 오른팔.

통칭 '풍신' 아르스.

'뇌신雷神' 알렉산더와 쌍벽을 이루는 제2군 최고 전력 중 한 명이며, 몇 년 전에 귀신제국 안에서 열린 무술 대회에서 우승하면서 명실공히 북부 최강의 이름을 얻은 검사다.

'검신류 광검파'라고 불리는, 검신류에 체술을 도입한 변칙적인 검술에 무영창 마술을 이용한 수법을 뒤섞은 마법 검술은 그야말로 변화무쌍.

게다가 냉정하고 침착하며 부드러운 행동거지에, 부하들도 잘 아껴 준다.

제2군의 전신인 루드 용병단의 단장이었던 그 남자는 늙어서도 용신 올스테드의 부하들 사이에서 중진으로 여겨지는 존재였다.

유일하게 결점이 있다면 가슴이 큰 미인을 보면 바로 얼굴이 풀어지는 점일까.

그렇기는 해도 얼굴이 풀어질 뿐이지 결코 손을 대지 않는다. 허니 트랩에 걸린 적이 없는 게 자랑이라고 술자리에서 곧잘 말한다.

약간의 결점은 있더라도 인간으로서 훌륭하고, 용신 올스테드를 돕고 귀신제국을 키운, 소리 없는 공로자, 위인이라고 해도 과언이 아닌 인물.

그것이 헨리가 말하는 아르스에 대한 인물평이다.

그런 인물의 창피한 과거라고는 상상도 가지 않았다.

"흥미는 있어. 아르스 오빠는 철들 때부터 루시 언니랑 마찬가지로 완벽했다고 기억해."

루이셰리아가 거기에 편승하자 아르스는 하하 소리 내어 쓴 웃음을 지었다.

“루시 누나랑 마찬가지지란 말은 과찬이지…. 나는 원래부터 완벽하고는 거리가 멀어.”

루이셰리아는 성장이 느린 아이였다.

스펠드족인 점도 있겠지만, 실제로는 나이 차이가 별로 안 나는 아르스와 나이 먹는 속도가 같지 않다. 그녀가 철들었을 때 아르스는 이미 어른스러운 청년이 되어 있었다.

“흠.”

아르스는 자기 책상 위를 둘러보았다. 하기 싫은 일이 말 그대로 산더미였다.

아르스는 거기서 눈을 돌렸다. 해야 하는 일이긴 하지만, 하고 싶지는 않았다.

“그 정도로 흥미가 있다면 들려줄까? 내가 십대였을 무렵, 아직 아무것도 모르는… 아니, 아무 생각도 없는 천방지축 천둥벌거숭이였을 적의 이야기를.”

책상에 몸을 기대고 자신의 하얀 수염을 쓸었다.

루이셰리아가 말없이 자리에 앉았다.

어렸을 때부터 알던 사촌 오빠의 실패담에 흥미진진해졌겠지. 루이셰리아는 표정 변화가 적지만, 감정이 풍부하고 잡담을 좋아한다. 어머니를 닮은 거겠지.

따라서 앉는 헨리를 보고 아르스는 유쾌하게 웃었다.

"어디 보자, 어디서부터 이야기를 해야 할까? 그래, 당시의 나는 동네 불량배보다 못한 바보라는 점을 부끄러운 줄도 모르고 뽐내며 살았는데…."

"아까부터 말이 심하지 않습니까. 난 당신을 존경하니까 너무 비하하지 마시죠."

"그거 고맙구만. 하지만 누구든 어리석었을 때는 있는 법이지. 그만큼 오래전 이야기야."

아르스는 그렇게 이야기를 시작했다.

과거의 자신의 잘못을.

2. 이야기

보자, 어디서부터 이야기해야 할까.

일단 중요한 건 나와 아이샤의 관계에 대한 이야기겠지.

나와 아이샤는 말하자면 조카와 고모의 관계에 해당된다.

아이샤의 어머니는 그레이랫 가문의 메이드여서 말이지. 당시의 주인이 손을 대서 태어난 게 아이샤였다고 들었다.

손을 댔다고 표현하긴 했어도, 나중에 정식으로 아내로 맞았으니까 안 좋은 대접을 받는 일은 없었어.

뭐, 애초에 내가 태어났을 땐 전 당주였던 할아버지 파울로는 이미 돌아가셨고… 전 당주의 아내도 심신상실 상태고, 그렇다고 아이샤의 어머니가 실권을 쥐고 있었냐고 하면 그런 것도 아니고…. 으으음, 말로 하자니 복잡하구만.

즉, 아이샤는 복잡한 가정에서 복잡한 입장에 있었다는 뜻이다.

어렸을 때는 어떻게 대해야 좋을지 몰라서 갈팡질팡한 시기도 있었지.

아이샤는 내가 태어났을 때부터 메이드로 있었다. 고모지만 메이드. 그렇지만 내 아버지는 메이드가 아니라 여동생으로 대했고. 헷갈릴 만하겠지?

뭐, 어찌 되었든 내가 태어났을 때부터 아이샤는 있었고, 철들기 전부터 나를 돌봐 주었다. 그러니까 고모네 메이드네 따지기 이전에 나이 차이 많은 누나 같은 느낌이었을까. 어쩌면 네 번째 어머니 같은 존재라고 할 수 있을지도 모르지.

네 번째. 그래, 우리 집에는 어머니가 세 명 있어서 말이지, 각각 하양 엄마, 파랑 엄마, 빨강 엄마라고 불렀지. 머리카락 색이 그랬거든.

어머니들은 내게 많은 것을 가르쳐 주셨다.

하양 엄마는 지식과 친구를 사귀는 법을.

파랑 엄마는 지혜와 학습 방법을.

빨강 엄마는 검술과 누군가를 지킨다는 것을.

세 명의 어머니는 아이를 차별 없이 대했고, 우리도 어머니가 셋이라는 것에 어떠한 의문도 품지 않았다. 하지만 아슬라 귀족이 두는 정부와는 또 다르고, 지금 생각하면 이것 또한 특수한 느낌이었군.

뭐, 그건 넘어갈까.

아이샤도 어머니들과 마찬가지로 많은 것을 가르쳐 주었다.

아니, 가르쳐 주었다기보다는 세 어머니의 가르침에 대해 내가 제대로 이해하지 못한 것을 경험시켜 준다는 느낌이었을까. 응, 역시 누나란 느낌에 가까웠을까.

하지만 누나는 아니었다.

내게는 누나가 둘 있었지.

한 명은 루시.

헨리, 네 할머니다.

똑똑한 누나였지. 엄마의 가르침을 잘 지키고, 학교에도 성실하게 다니고, 나한테도 누나답게 굴면서 공부해라 운동해라 하고 명령했지.

또 한 명은 라라. 이쪽은 만나 본 적 없을지도.

게으름 많은 누나라서 말이야. 엄마의 가르침을 곧잘 어기고, 학교는 자주 빼먹고, 나한테도 대등한 친구처럼 못된 짓을 제안했지. 라라의 제안에 넘어갔다가 야단맞은 것이 한두 번이 아니야.

아이샤는 그런 두 누나와는 또 전혀 달랐다. 어머니와도 누나와도 다른, 잘 알 수 없는 존재.

그게 아이샤였다.

아이샤는 부탁만 하면 뭐든지 해 주었지.

내가 무리한 부탁을 해도 어쩔 수 없다고 하면서 그걸 이루어 줬다.

때로는 엄격하게 대할 때도 있었지만, 부조리하게 꾸중 들은 적은 없었다.

내가 슬퍼하고 있으면 가만히 껴안아 주면서 앞으로는 어떻게 하면 되는지 가르쳐 줬다.

아무리 슬픈 기분이더라도 아이샤가 안아 주면 그런 기분 따윈 바로 날아가 버린 게 기억나는군.

더 어렸을 땐 너무 간섭해서 짜증 난다고 생각한 적이 있었다.

하지만 아이샤는 항상 옳았다.

내가 반발해서 아이샤의 말과 다른 짓을 해도 거의 다 실패했지.

그리고 마지막에는 아이샤가 나타나서 이렇게 말하는 거야.
'이제 이해했지?'라고.

나는 그때마다 입을 삐죽거리면서 끄덕였다.

어렸을 때 나는 이대로 아이샤의 보호를 받으며 시키는 대로 하면서 살아가겠거니 하고 어렴풋이 생각했지. 그걸 당연하게 여겼다.

지금 생각해 보면 일종의 세뇌였을지도 모르겠군. 아이샤의 교육은 내게서 생각이란 것을 빼앗고 아이샤가 시키는 대로 하면 다 잘 풀린다는 인식을 심어 주었다.

아이샤에게 그런 의도가 있었는지는 모르겠지만….

아니, 없었겠지. 자연스럽게 그렇게 행동하는 사람이었어.

아이샤의 몇 안 되는, 치명적인 결점이야.

어디 보자, 그런 내가 열 살 생일을 맞았을 때 가족들이 여러 선물을 줬다.

그중 하나로 검이 있었다.

진검이다.

빨강 엄마는 "이걸로 소중한 사람을 지키는 거야."라고 말했었지.

그때 내가 떠올린 것은 아이샤의 얼굴이었다. 떠올린 것만이 아니라 반사적으로 아이샤를 바라보았다. 아이샤는 당연하게도 나를 보고 있어서 눈이 마주치자 활짝 웃었다.

왠지 부끄러워져서 시선을 돌린 게 기억나는군.

내가 아이샤에 대한 사랑을 자각한 것은 그때였을지도 모르지.

하지만 그때는 입 밖에 내지 않았다.

왠지 창피했으니까.

어쩌면 누나인 라라가 애 같이 구는 것이나 루시가 간신히 소꿉친구인 크라이브와 그런 관계가 되기 시작한 것에 원인이 있을지도 모르지.

나에게 그런 일은 더 나중이라고 생각했던 거다.

그렇긴 해도 말이지, 똑똑하고 아름답고 내게 대가 없는 사랑을 베풀어 주는, 어머니와는 또 좀 다른 이성.

게다가 당시의 나도 희미하게 느끼고 있었던 거지만, 아무래도 그녀는 나를 특별하게 생각했던 모양이야.

그렇게 되면 끌리지 않는 쪽이 이상하다고 생각하지 않나?

어쩌면 그렇게 되도록 아이샤가 꾸몄을 가능성도 있지만….

응, 그렇다고 해도 나는 그녀를 좋아했다. 첫사랑이야. 이건 틀림없이 내 의지였어.

그렇다고 해도 사랑의 줄다리기란 건 그런 거잖아?

다만 자각한 뒤로는 금방이었지.

아, 기억났다. 그건 생일이 지나고 얼마 뒤였던가. 열 살 때 일이야. 그때 나는 아버지에게서 어떤 말을 듣고 꽤나 우울해져 있었어.

그때 올스테드 님이 책을 한 권 주셨는데, 내가 못 읽는 글자로 쓰여진 책이라서 아이샤에게 읽어 달라고 했어.

분명 이런 이야기였지….

★ ★ ★

옛날 옛날, 어떤 곳에 아르스라는 소년이 있었습니다.

그는 어렸을 때부터 매우 마음이 강하고 힘이 장사였습니다.

아르스가 세상물정을 깨우치기 시작했을 때, 부모는 이미 이

세상 사람이 아니었습니다.

아르스가 사는 마을은 도시에서 멀리 떨어진 곳이었지만, 아르스네 집은 마을에서도 특히나 가난한 편이었습니다.

하지만 아르스는 행복했습니다.

아르스에게는 똑똑하고 든든한 형이 있었고, 마을 사람들은 부모가 없는 그들을 잘 대해 주었기 때문입니다.

아르스는 그 사실에 순수하게 감사하고, 매우 열심히 일했습니다.

다행스럽게도 아르스는 힘이 셌기에, 그가 할 수 있는 일은 얼마든지 있었습니다.

게다가 그에게는 사랑하는 소녀가 있었습니다. 그녀는 병치레가 잦아서 항상 침대에 누워 있었고, 오래는 못 살 거라는 이야기가 오갔습니다. 아르스는 일을 마치면 매일 같이 그녀의 방 창가로 가서 아주 잠깐 동안 이야기를 나누고 돌아갔습니다.

아르스에게 매우 소중하고 둘도 없는 시간이었습니다.

그녀는 오래 살 수 없습니다. 하지만 아르스가 어떻게 할 수 없습니다.

그녀도 자기 목숨이 길지 않은 걸 알았을 것입니다.

딱히 무슨 부탁을 하지도 않고, 그저 아르스와의 대화를 즐기는 것 같았습니다.

아르스는 '분명 나는 그녀가 죽을 때까지 이런 매일을 보내겠지.'라고 생각했습니다.

하지만 어느 날의 일이었습니다.

그녀는 침대 안에서 하늘을 보며 말했습니다. 보라색으로 물든, 으스스한 하늘입니다.

"아르스, 그거 알아? 마왕이 나타나기 전에는 하늘이 아름다운 파란색이었대."

아르스도 그 사실을 알고 있었습니다.

아득한 옛날, 아르스가 태어나기 훨씬 전부터 살았던 마왕.

마왕이 어느 날 인간 세상을 손에 넣기 위해 군대를 만들어 쳐들어온 것.

그리고 그 마왕이 세계의 절반 정도를 손에 넣었을 때, 그 부정함 때문에 하늘 색이 변해 버린 것.

"죽기 전에 한 번이라도 좋으니까 아름답고 파란 하늘을 보고 싶었어."

그녀는 그렇게 말했습니다.

그것은 아르스가 그녀를 만나고 처음으로 들은 '부탁'이었습니다.

아니, 그것은 부탁이라고 할 만한 것도 아니었을지 모릅니다. 절대로 이룰 수 없는 꿈이 무심코 입 밖으로 나왔을 뿐이었을지도 모릅니다.

아르스도 알고 있었습니다. 이것은 단순한 이야기. 별다를 것 하나 없는 잡담.

결코 아르스에게 부탁한 게 아니라고.

다만 그걸 말한 그녀의 얼굴은 아주 앳되어 보였습니다. 절대로 이루어질 리 없다고 체념하고 있었습니다.

그래서 아르스는 결심했습니다.

그녀에게 파란 하늘을 보여 주겠다고.

하지만 아르스는 힘이 세다고 해도 그냥 마을 사람입니다.

지식은 없습니다. 지혜도 없습니다.

대체 어떻게 하면 하늘이 파랗게 변하는지, 그는 몰랐습니다.

"형, 하늘 색을 파랗게 되돌리고 싶어. 어떻게 하면 될까?"

그래서 그는 형에게 물어보기로 했습니다. 나이 차이가 많이 나는 형은 아직 부모님이 살아 계실 무렵에 작긴 하지만 제대로 된 학교를 다녔던 사람입니다.

뭔가 문제가 생기면 그에게 물어보면 됩니다.

"으음…."

그런 형은 아르스의 질문에 고민했습니다.

형에게도 어려운 질문이었던 겁니다.

고민 끝에 형은 말했습니다.

"마왕이 하늘을 보라색으로 만들었으니까, 마왕이 쓰러지면 하늘은 원래대로 돌아오겠지."

아르스는 그 말을 듣고 마왕을 찾아가기로 결심하고 바로 여행 준비를 시작했습니다.

그런 동생을 보고 형은 다급히 말했습니다.

"동생아, 마왕은 아주 무시무시한 존재야. 분명 네가 가까이

가기만 해도 간단히 널 찢어 버릴 거야."

"그래도 난 갈 거야."

망설임 없는 말에 형은 결국 물러났습니다.

이렇게 되면 아르스는 고집을 꺾지 않기 때문입니다.

"하지만 무턱대고 걸어가도 마왕에게까지 갈 수 없을 거야. 일단 이 나라에서 제일 큰 도시로 가 보도록 해. 지도를 그려 줄게. 그리고 식량이랑 여행을 위한 새 신발도 가져가도록 해."

형은 동생을 위해 손닿는 데까지 준비해 주었습니다.

한 번 뜻을 세우면 꺾지 않는 동생이니 분명 포기하지 않겠지. 하지만 마왕은 강대하고 압도적이다. 살아서 돌아올 수 없는 죽음의 여행이다. 하지만 하다못해 최대한 오래 살 수 있도록….

그렇게 아르스는 여행을 떠났습니다.

지도를 손에 들고, 새 신발을 신고, 아버지가 남긴 단검을 허리춤에 꽂고….

그리고 사랑하는 이를 마을에 남기고….

들판을 지나고 산을 넘어서 아르스는 나라에서 제일 큰 도시에 도달했습니다.

태어나서 처음 보는 커다란 성과 태어나서 처음 보는 인파들.

아르스는 그걸 보고 생각했습니다.

분명히 여기서 물어보면 누군가가 알고 있겠지.

“마왕을 해치우고 싶다고? 그러면 성에 가 보도록 해. 지금이라면 누구든 힘이 되어 줄 거야.”

어떤 사람은 그렇게 말했습니다.

아르스는 그 말에 따라서 성으로 향했습니다.

아르스가 지금까지 본 적도 없을 정도로 커다란 건물입니다.

“마왕을 없애고 싶다.”

입구에서 그렇게 말했더니 아르스는 임금님 앞에 나아갈 수 있었습니다.

임금님은 둔탁한 색의 옥좌에 앉아서 찾아온 이 하나하나에게 인사를 하고 있었지만, 아르스의 차례가 오자 과장스럽게 놀랐습니다.

“아니, 아직 어린애가 아니더냐.”

“어리지만 마왕을 없애고 싶어. 마왕이 있는 곳을 가르쳐 줘.”

“너 같은 어린애가 뭘 할 수 있겠느냐. 됐으니까 집에 돌아가거라.”

옆에 있는 기사도 말했습니다.

“싸움은 어른의 일. 너 같은 아이를 지키기 위해 우리가 있다.”

기사 말고도 그 자리에 있는 어른들은 모두 비슷하게 말했습니다.

너는 아직 어리다. 싸울 나이가 아니다. 집에 가거라.

아르스가 아무리 힘주어서 ‘마왕을 없애고 싶다!’고 외쳐도 아무도 상대해 주지 않았습니다.

하지만 점쟁이만큼은 이렇게 말했습니다.

“다섯 현자를 만나세요. 분명 당신의 힘이 되어 주겠지요. 하지만 절대로 다섯을 다 만나기 전에 마왕에게 도전해선 안 됩니다.”

아르스는 그 말에 따라서 다섯 현자를 찾는 여행에 나섰습니다.

길고 긴 여행입니다.

아르스는 계속해서 여행했습니다.

다섯 현자에 대해서는 단서도 없습니다.

하지만 찾다 보면 찾을 수 있을 거라고 그는 진심으로 믿고 있었습니다.

길을 걷다가 사람을 만날 때마다 현자에 대해 묻고, 그리고 또 걸었습니다.

그러다가 발견했습니다.

초원을 넘고 커다란 강을 건넌 곳에 있는 어느 동굴에서 아르스는 첫 번째 현자를 발견했습니다.

아련한 눈동자에 녹은색 머리카락을 가진 현자입니다.

그의 주위에는 그 머리카락과 비슷한 색깔의 방패가 숱하게 널려 있었습니다.

“안녕, 현자.”

"안녕하신가, 인간의 아이여."

"내 이름은 아르스."

"나는 시라드. 두 번째 현자. 그저 신념만을 위해 살고 있다."

"실은 마왕을 없애야 해. 힘을 빌려주지 않겠어?"

"미안하지만 난 너무 바쁘군. 너무나도, 너무나도."

"뭘 하는데?"

"먼 미래의 아이를 위해 방패를 만들고 있지. 미래의 아이는 분명 불똥을 뒤집어쓸 테니까."

현자는 그렇게 말하더니 아르스를 보고 물었습니다.

"나도 물어볼까, 인간의 아이여. 왜 마왕을 쓰러뜨리려는 거지?"

"파란 하늘을 보고 싶어. 소중한 사람을 위해서."

"오오, 너도 신념을 가지고 있군. 그럼 내 방패를 빌려주지. 분명 네 몸을 지켜 주겠지."

"고마워, 현자."

현자에게 방패를 받은 뒤 아르스는 여행을 계속했습니다.

역시나 단서는 없습니다.

하지만 찾다 보면 찾을 수 있을 거라고 그는 진심으로 믿고 있었습니다.

길을 걷다가 사람을 만날 때마다 현자에 대해 묻고, 그리고 또 걸었습니다.

그러다가 발견했습니다.

두 번째 현자는 북쪽 끝에 있었습니다. 날카로운 눈동자를 가지고 백은색 머리카락을 가진 현자입니다.

그는 차디찬 눈 속의 숲에서, 커다란 배를 만들고 있었습니다.

"안녕, 현자."

"안녕하신가, 인간의 아이여."

"내 이름은 아르스."

"내 이름은 도라. 세 번째 현자. 그저 충의만을 위해 살고 있다."

"실은 마왕을 없애야 해. 힘을 빌려주지 않겠어?"

"미안하지만 난 너무 바쁘군. 너무나도, 너무나도."

"뭘 하는데?"

"먼 미래의 아이를 위해 배를 만들고 있지. 미래의 아이는 분명 멀리 가야 할 테니까."

현자는 그렇게 말하더니 아르스를 보고 물었습니다.

"나도 물어볼까, 인간의 아이여. 왜 마왕을 쓰러뜨리려는 거지?"

"파란 하늘을 보고 싶어. 소중한 사람을 위해서."

"오오, 너도 충의를 가지고 있군. 그럼 내 배를 빌려주지. 마왕은 멀리 있으니까."

현자에게 배를 받은 뒤 아르스는 여행을 계속했습니다.

단서는 없습니다.

하지만 찾다 보면 찾을 수 있을 거라고 그는 진심으로 믿고 있었습니다.

길을 걷다가 때로는 배를 타고, 사람을 만날 때마다 현자에 대해 묻고, 그리고 또 걸었습니다.

그러다가 발견했습니다.

세 번째 현자는 산속에 있었습니다.

깊은 눈동자에 흑은색 머리카락을 가진 현자입니다.

그는 커다란 망치를 들고 모루 앞에서 강철을 두드리고 있었습니다.

"안녕, 현자."

"안녕하신가, 인간의 아이여."

"내 이름은 아르스."

"내 이름은 카오스. 네 번째 현자. 그저 탐구만을 위해 살고 있다."

"실은 마왕을 없애야 해. 힘을 빌려주지 않겠어?"

"미안하지만 난 너무 바쁘군. 너무나도, 너무나도."

"뭘 하는데?"

"먼 미래의 아이를 위해 검을 만들고 있지. 미래의 아이는 분명 살아남고 싶을 테니까."

현자는 그렇게 말하더니 아르스를 보고 물었습니다.

"나도 물어볼까, 인간의 아이여. 왜 마왕을 쓰러뜨리려는 거지?"

"파란 하늘을 보고 싶어. 소중한 사람을 위해서."

"오오, 너도 탐구를 하고 있군. 그럼 내 검을 빌려주지. 이거라면 마왕도 벨 수 있다."

현자에게 검을 받은 뒤 아르스는 여행을 계속했습니다.

단서는 없습니다.

하지만 찾다 보면 찾을 수 있을 거라고 그는 진심으로 믿고 있었습니다.

길을 걷다가 때로는 마물을 검으로 쓰러뜨리고, 사람을 만날 때마다 현자에 대해 묻고, 그리고 또 걸었습니다.

그러다가 발견했습니다.

네 번째 현자는 바다 한가운데에 있는 섬에 있었습니다.

강한 눈동자에 청은색 머리카락을 가진 현자입니다.

그는 커다란 가죽을 가공하여 팔찌를 만들고 있었습니다.

"안녕, 현자."

"안녕하신가, 인간의 아이여."

"내 이름은 아르스."

"내 이름은 맥스웰. 다섯 번째 현자. 그저 사랑만을 위해 살고 있다."

"실은 마왕을 없애야 해. 힘을 빌려주지 않겠어?"

"미안하지만 난 너무 바쁘군. 너무나도, 너무나도."

"뭘 하는데?"

"먼 미래의 아이를 위해 액운을 쫓는 팔찌를 만들고 있지. 미래의 아이는 분명 사악한 자가 꼬일 테니까."

현자는 그렇게 말하더니 아르스를 보고 물었습니다.

"나도 물어볼까, 인간의 아이여. 왜 마왕을 쓰러뜨리려는 거지?"

"파란 하늘을 보고 싶어. 소중한 사람을 위해서."

"오오, 너도 사랑을 아는군. 그럼 내 빛나는 팔찌를 빌려주지. 이거라면 사악을 쫓아낸다."

네 현자와 만났습니다.

그리고 아르스는 여행을 계속합니다.

하지만 마지막 현자는 어디에도 없습니다. 어디에 있는지 아무도 모르고, 이름도 모릅니다.

아르스는 차츰 생각하게 되었습니다.

혹시 마지막 현자는 없을지도 모른다. 처음에 만난 현자는 두 번째 현자라고 말했다. 그럼 분명 나는 이제 첫 번째 현자와 만날 수 없을지도 모른다.

하지만 그래도 찾았습니다.

아르스는 열심히 현자를 찾았습니다.

그래도 현자는 찾아지지 않았습니다. 마지막 현자와 만날 수 없었습니다.

하지만 아르스의 손에는 검과 방패와 팔찌가 있었습니다.

그리고 아르스의 발밑에는 마왕에게 가기 위한 배가 있었습니다.

그것들을 보고 아르스는 생각했습니다.

“이만큼 있으면 마왕을 쓰러뜨릴 수 있을지도 몰라!”

아아, 그렇게 생각하고 말았습니다.

아르스는 다섯 현자와 만나지 않고 마왕에게 가고 말았습니다.

그래요, 처음에 점쟁이가 한 말을 잊어버렸던 겁니다.

마왕이 사는 곳은 무시무시한 곳이었습니다.

독 늪이 가득해서 평범한 방법으로는 접근조차 할 수 없습니다.

어떻게 늪을 건넜다고 해도, 지금까지 누구도 본 적 없을 만큼 거대하고 흉악한 마물이나 사람을 사악한 길로 끌어들이는 악마가 곳곳에 살고 있습니다.

하지만 배 덕분에 독 늪은 간단히 건널 수 있었습니다.

마물이 습격해 와도 검과 방패가 있었습니다.

방패는 아주 튼튼해서 마물의 발톱이나 이빨도 아르스에게는 닿지 않았습니다.

검은 매우 예리해서, 아르스가 조금만 힘을 줘서 베면 마물은 두 동강이 났습니다.

때때로 악마가 아르스에게 ‘그 검과 방패와 배가 있으면 분명 너는 인간의 왕이 될 수 있다’고 속삭였지만, 아르스에게는 들리지 않았습니다.

액막이 팔찌가 악마의 속삭임에게서 지켜 주는 겁니다.

그렇게 아르스는 마왕에게 도달했습니다.

마왕은 인간이 사는 성보다 훨씬 크고 무시무시한 검은 성에 살고 있었습니다.

"푸하하하하! 이런 곳까지 잘도 왔구나, 인간의 아이여! 대체 무슨 일로 왔느냐?!"

마왕은 아주 커다란 몸과 커다란 입, 보라색 머리를 가진 무시무시한 괴물이었습니다.

"하늘 색을 원래대로 되돌리고 싶어. 내 소중한 사람을 위해서."

"그건 안 된다! 나는 보라색 하늘이 좋으니까! 푸하하하하!"

마왕은 들은 척도 않았습니다.

마왕은 소중한 이라는 말의 의미를 모릅니다.

"그럼 너를 쓰러뜨리고 하늘 색을 원래대로 되돌리겠어!"

아르스는 마왕에게 싸움을 걸었습니다.

검과 방패, 그리고 팔찌를 가진 아르스는 자신만만하게 마왕에게 돌진했습니다.

하지만 마왕은 몸이 날렵합니다!

마치 미래가 보이는 듯한 움직임으로 아르스의 검을 피했습니다.

아르스가 아무리 검을 휘둘러도 스치지도 않았습니다.

"푸하하하, 헛수고다! 헛수고! 스치지도 않는다! 이제 내 차례다!"

마왕은 웃으면서 아르스를 공격해 옵니다.

마왕의 커다란 주먹을 아르스는 방패로 막아 냈습니다.

"아앗!"

하지만 이게 어찌 된 일일까요.

다음 순간, 아르스는 방패째로 붙잡혀서 휘둘리다가 날아가 버렸습니다.

벽에 부딪친 아르스는 두려움에 사로잡혔습니다.

현자에게 받은 검도 방패도 마왕에게는 통하지 않습니다.

"푸하하하! 이대로 비틀어 버리고 머리부터 먹어 주마! 와작 와작 씹어 주마!"

강대한 마왕이 다가옵니다.

아르스는 견디다 못해 그 자리에서 도망쳤습니다.

아무리 강인한 의지를 가진 아르스라고 해도 인생에서 처음 느낀 공포 앞에서는 더 이상 싸울 수 없었기 때문입니다.

검도 방패도 버리고, 팔찌도 어느 틈에 벗겨지고, 마왕에게서 도망쳤을 때, 아르스는 아무것도 갖고 있지 않았습니다.

아르스는 마왕의 땅을 떠돌았습니다.

독 늪에서 나온 독기가 아르스의 몸을 조금씩 좀먹습니다.

하지만 아르스의 마음을 좀먹은 것은 다른 독이었습니다.

"나는 도망쳤어. 소중한 사람이 기다리고 있는데."

그 독의 이름은 '체념'.

아르스는 기운을 잃고 고개 숙인 채로 계속 걸었습니다.

검과 방패가 있어도 마왕에게는 이길 수 없습니다.

눈에서 눈물이 흘러나와, 지면에 작은 물자국을 만들었습니다.

팔찌가 없어졌기에 슬픔을 먹는 사악한 악마도 다가왔습니다.

악마는 아르스가 흘린 눈물을 날름날름 핥으면서 아르스의 귓가에 속삭입니다.

“안녕, 작은 용사. 왜 그래? 맛있는 눈물을 흘리고?”

“마왕에게 못 이겨.”

“당연히 못 이기지. 마왕은 엄청 강하니까. 그게 아니더라도 너는 작은 아이니까.”

“나는 하늘을 원래대로 되돌리고 싶어.”

“당연히 원래대로 되돌릴 수 없지. 너는 힘없는 아이니까.”

“그럼 어쩌라고.”

“당연히 어쩔 수 없어. 커질 수는 없고, 힘도 손에 들어오지 않아. 어쩔 수 없어.”

악마의 속삭임을 진지하게 받아들이고 비관적이 된 아르스는 독 늪 근처로 다가갔습니다.

아예 독 늪에 몸을 던져 버릴까 생각한 겁니다.

독 늪에 몸을 던지면 아르스의 작은 몸은 순식간에 녹아서 사라지겠지요.

하지만 아르스는 더 이상 방법이 없었습니다.

아르스는 눈을 감고 독 늪에 몸을 던지려 했습니다.

하지만 그 직전에 늪 근처에 기묘한 집이 있는 것을 발견했습니다.

구멍 위에 거북이 등딱지를 엎어놓은 듯한, 땅딸막한 집입니다.

"뭐지, 저 집은? 악마는 혹시 알아?"

그때 악마는 어딘가로 사라져 버렸습니다.

둘러봐도 보이지 않습니다. 어느 틈에 주위에는 성스러운 기운이 가득했습니다.

성스러운 기운은 아무래도 저 집에서 나오고 있는 듯합니다.

그럼 분명 성스러운 이의 집이다.

그렇게 생각한 아르스는 조심조심 집으로 들어갔습니다.

"실례합니다."

"안녕하신가, 인간의 아이여. 어쩐 일이지? 여기는 인간의 아이가 올 만한 곳이 아닌데?"

부드러운 눈동자에 적은색 머리카락을 가진 사람이었습니다.

"내 이름은 아르스. 하늘 색을 되찾고 싶었는데, 마왕에게 졌어."

"나는 이름을 버린 자. 정해진 주거지가 없는 자. 최초이자 최후의 현자. 그저 사명만을 위해 살고 있다."

그 말에 아르스는 떠올렸습니다.

자신은 다섯 현자와 만나야 했습니다.

다섯 현자를 만나지 않고 마왕과 싸우면 안 되었습니다.
그걸 떠올리자, 아르스는 신기하게도 용기가 솟아났습니다.
어쩔 도리가 없었던 게 아닙니다. 잘못을 저질렀던 거니까.
“나는 아르스. 최초이자 최후의 현자여. 마왕을 없애기 위해 힘을 빌려주지 않겠어?”
“난 너무 바쁘군. 너무나도, 너무나도.”
“뭘 하는데?”
“먼 미래의 아이를 위해 힘을 비축하고 있지. 미래의 아이는 쓰러뜨려야 할 적이 있으니까.”
현자는 그렇게 말하더니 아르스를 보고 물었습니다.
“나도 물어볼까, 인간의 아이여. 왜 마왕을 쓰러뜨리려는 거지?”
“파란 하늘을 보고 싶어. 소중한 사람을 위해서.”
“오오, 너도 사명을 가졌군. 하지만 정말로 그 소원은 소중한 사람을 위한 것인가?”
“물론이야. 그녀는 파란 하늘을 보고 싶어 해.”
“그래, 그럼 내 힘을 조금 나눠 주지. 그걸로 마왕을 해치워라.”
그리고 아르스는 최초이자 최후의 현자에게서 힘을 받았습니다.
현자에게는 아주 조금일지 몰라도 압도적인 힘입니다.
아르스는 그 힘으로 검과 방패의 진짜 사용법을 알아냈습니니다.

팔찌의 광채를 늘리는 방법을 알아냈습니다.

배를 하늘에 띄우는 방법을 알아냈습니다.

아르스는 하늘을 나는 배를 타고 마왕의 성으로 향했습니다.

성 앞에 떨어져 있던 팔찌를 줍자 팔찌는 눈부신 빛을 뿜었습니다.

그 빛에 이끌린 것처럼 검과 방패가 돌아왔습니다.

"푸하하하! 꼬맹이가 돌아왔구나! 이번에야말로 먹어 주마! 나는 맛있는 것을 좋아하니까!"

마왕과의 두 번째 싸움이 시작됩니다.

하지만 아르스는 힘을 손에 넣었습니다.

검을 휘두르면 마왕을 베고, 방패를 들면 마왕을 튕겨 냅니다.

압도적인 힘을 손에 넣은 아르스에게 마왕은 이미 적수가 아니었습니다.

"으아아아악!"

드디어 마왕은 아르스의 검에 찔려서 단말마의 비명을 지르며 죽었습니다.

그러자 마왕의 몸에서 무지갯빛 광채가 나왔습니다.

그 빛에 호응하듯이 하늘 색이 순식간에 돌아왔습니다.

아르스가 올려다본 곳에서는 새파란 하늘이!

아르스가, 그리고 소중한 사람이 바라 마지않던 것입니다.

아르스는 당장이라도 소중한 사람에게 돌아가야 한다고 생각했습니다.

하지만 당장은 돌아갈 수 없었습니다. 빌린 것을 돌려줘야 하기 때문입니다.

일단 최초이자 최후의 현자에게 갔습니다.

힘을 돌려줍니다.

다음에는 다섯 번째 현자에게 갔습니다.

팔찌를 돌려주었습니다.

다음에는 네 번째 현자에게 갔습니다.

검을 돌려주었습니다.

다음에는 세 번째 현자에게 갔습니다.

하늘을 나는 배를 돌려주었습니다.

다음에는 두 번째 현자에게 갔습니다.

방패를 돌려주었습니다.

아르스는 빌린 것을 모두 돌려주고 커다란 도시로 돌아왔습니다. 인간의 도시입니다.

그러자 도시에서는 성대한 파티가 열리는 중이었습니다.

인간들은 하늘 색이 원래대로 돌아온 것을 보고 마왕이 쓰러진 사실을 알게 된 것입니다.

성까지 가자 임금님이 두 팔을 들고 기뻐했습니다.

"오오, 용사 아르스여! 잘 돌아왔다! 용케 마왕을 쓰러뜨렸구나! 이 나라를 네게 주마. 내 사랑하는 딸도. 부디 국왕이 되어 주지 않겠나!"

국왕의 부탁에도 아르스는 거절합니다.

소중한 사람이 기다리고 있다면서.

하지만 점쟁이에게는 감사 인사를 하고 도시에서 하루 머물렀습니다.

그리고 아르스는 간신히 마을에 돌아왔습니다.

여행을 떠난 뒤로 아주 오랜 시간이 걸렸습니다.

하지만 푸른 하늘을 되찾았습니다. 소중한 사람에게 보여 줄 수 있습니다. 그녀의 미소를 볼 수 있습니다.

하지만 마을에 돌아오자 형이 슬픈 표정으로 고개를 숙이고 있었습니다.

"형, 고개 들어. 푸른 하늘이 돌아왔어. 내가 마왕을 쓰러뜨리고 되찾았어."

형은 계속 슬픈 표정이었습니다.

"소중한 사람에게도 보여 줄 수 있어. 그녀도 푸른 하늘을 보면 분명 기뻐할 거야."

그렇게 말하자 형은 더욱 슬픈 표정이 되었습니다.

그래서 아르스는 물었습니다.

"형, 왜 그렇게 슬퍼?"

"동생아, 그게 말이다…. 아아, 내 동생아. 잘 들어. 그건 말이지, 죽어서 그래."

"누가 죽었는데?"

"네 소중한 사람이. 오늘 아침에 죽어 버렸어."

그 말을 듣고 아르스는 웃었습니다.

서글프지만, 슬프지만, 웃었습니다.

"오늘 아침이라면 괜찮아. 분명 그녀는 푸른 하늘을 보았을 테니까. 그녀는 죽을 때 웃고 있었지? 하늘이 예쁘다고 웃고 있었지?"

"아니, 울고 있었어. 너를 못 만난다고 울고 있었어. 하늘이 예쁜 파란색이 되었어도, 그런 것보다 너를 보고 싶다면서 고개를 숙이고 계속 울고 있었어."

그 말을 듣고 아르스는 놀랐습니다.

아르스는 소중한 사람의 소원을 들어줬다고 믿었습니다.

하지만 그게 아니었습니다.

소중한 사람의 소원은 아르스와 함께 있는 것이었습니다.

죽기까지 얼마 남지 않은 시간을 소중히 보내고 싶다. 그게 그녀의 진짜 소원이었던 것입니다.

"아아…."

형 앞에서 아르스는 다리가 풀려 무릎을 꿇었습니다.

빛을 잃은 아르스의 눈동자에서는 한 줄기 눈물이 흘러내렸습니다.

아르스는 그 뒤로 계속해서 울었습니다.

이제는 어쩔 수 없습니다. 자신은 제일 중요한 것을 그르쳤으니까.

계속해서, 계속해서… 죽을 때까지 계속 울었습니다….

★ ★ ★

"자, 끝."

이야기를 다 읽은 아이샤는 탁 소리 나게 책을 덮었다.

"으음, 마지막이 좀 어두운 이야기였네~ 교훈이라면 행복은 아주 가까운 곳에 있습니다, 라는 소릴까? 하지만 나는 해피 엔딩 쪽이 더 취향인데~"

나는 그녀의 무릎 위에 앉아서 책의 표지를 계속 보고 있었다.

"아마 시대적으로는 제1차 인마대전 때니까…. 용사 아르스 전설의 어레인지일까? 내가 아는 거랑은 좀 다르지만. 동료도 안 나오고, 현자가 왠지 한 명 많고…. 교훈도 좀 이상해. 누가 읽으라는 거지? 하지만 어레인지니까 이런 걸까."

아이샤는 그렇게 말하면서 책을 가지고 놀듯이 이리저리 돌리며 관찰했다.

낡은 책이다. 그레이랫 가문에 있는 어떤 책보다도 오래 되었겠지.

표지는 하얀 가죽 정장이지만, 아이샤도 무슨 가죽인지까지는 모르는 모양이다.

다만 어디에서 본 적 있는 듯한 색상이고, 오랜 세월을 보냈음에도 금이 하나도 가지 않았다. 종이는 꽤나 낡았는데도.

혹시 이 책이 제1차 인마대전 직후에 쓰인 것이라면 종이도 꽤 튼튼한 편이라 할 수 있겠지.

타이틀은『아르스 이야기』. 치장이고 뭐고 없이 소박하다.

"아르스 군이 읽어 달라고 하니까 읽었지만, 이 책 어디서 가져왔어? 투신어거든, 이거?"

"올스테드 님이."

"어? 혹시 멋대로 가져온 거야? 안 되잖아, 그런 짓 하면."

"아, 아냐. 아빠를 따라서 놀러 갔을 때, 책장에 그 책이 있길래 궁금해서 뒤적거리는데 올스테드 님이 '가져가거라'라면서…."

어두운 얼굴을 하고 있었던 걸까.

무슨 생각을 하고 있었는지는 기억도 못 하지만… 다만 쇼크를 받았던 것은 기억한다.

이야기는 구원 없는 배드 엔딩이었다. 주인공이 나와 이름이 같아서 아이샤도 분위기를 내며 읽어 주었지만, 그 바람에 나도 감정 이입이 심했을지도 모른다.

"괜~찮~아~ 아르스 군은 꼭 행복해질 수 있으니까~"

아이샤는 나를 껴안고 머리를 마구 쓰다듬었다.

나는 기분이 나쁠 때도 보통 이거면 괜찮아지니까. 하지만 그것도 어렸을 때 이야기. 열 살 생일을 맞을 무렵부터는 점점 그런 걸로 기분이 나아지지 않게 되었다.

"있잖아, 아이샤 누나."

"왜?"

"이 이야기의 아르스는 어떻게 하면 행복해질 수 있었을까?"

"음? 그야… 으음, 그대로 같이 있어도 '그녀'는 죽을 테니까 마왕 따윈 무시하고 현자한테 '그녀'를 구하는 방법을 물어보고, 그렇게 결혼하면 해피 엔딩 아닐까? 용사 아르스가 마왕… 여기서는 키시리카 님이려나. 키시리카 님을 쓰러뜨리지 않으면 세계는 평화로워지지 않지만, 두 사람이 살아 있는 동안 정도는 인간도 멸망하지 않겠고."

아이샤는 머리를 갸웃거리면서 그렇게 대답했다.

스스로는 완벽한 대답이라고 아이샤는 생각한 모양이었다.

"……."

하지만 그때의 나는 그게 마음에 들지 않았던 모양이다.

눈썹에 힘을 주고 입술을 삐죽거렸다.

"있잖아, 아이샤 누나."

"왜?"

"결혼이 뭐야?"

"좋아하는 두 사람이 맺어지는 거야."

"그게 아니라, 구체적으로 뭘 하는 거야?"

"같은 집에서 같이 살고, 같이 밥 먹고, 아이를 낳아서 키우고…."

"아이는 어떻게 만들어?"

"어? 그 이야기? 으음…. 그건 내가 가르쳐 줘도 되나…? 하양 엄마나 파랑 엄마에게 듣는 게 좋지 않으려나…."

아이샤는 살짝 얼굴을 붉히면서 그렇게 대답했다.

이 애도 슬슬 그런 쪽에 흥미를 가질 나이일까, 라고 생각한 걸지도 모른다.

"그럼 아이샤 누나, 결혼해서 아이를 낳는 게 행복해지는 거야?"

"뭐, 그런 거 아닐까?"

"정말로? 정말로 그거면 행복해져?"

"글~쎄~ 오빠는 행복한 모양이지만, 나는 결혼을 안 했으니까~"

"왜 결혼 안 해?"

"좋아하는 상대가 없으니까~ 오빠… 아르스 군의 아빠를 좋아했는데, 하지만 결혼하는 쪽으로 좋아하는 거냐고 하면 조~금, 아니, 꽤~나~ 다른 느낌이고? 역시 친남매니까~?"

"흐음…."

나는 좀 재미없어졌다.

첫사랑 상대가 내 아빠를 좋아했다고 하니까. 꽤나 다르다고 해도 나는 그 차이가 어떤 건지 알 수 없었고.

그리고 또 한 가지 걱정거리가 있었다.

"아빠가 나한테 약혼 이야기가 들어왔다고 그랬어."

"뭐?"

"아슬라 왕국의 왕족이고 지크랑 동갑내기 애인데, 혹시 마음에 든다면 약혼을 할지도 모른다고."

아이샤도 그건 처음 듣는 이야기였던 모양이다.

나중에 들었지만, 아이샤도 쇼크를 받았던 모양이다.

눈앞에 있는 어린 소년이 약혼. 지금 시기에 약혼하면 서로가 성인이 되었을 때 바로 결혼하겠지. 이렇게 어린 소년이… 태어났을 때부터 계속 돌봐왔던 이 아이가…라고.

"으음~…."

하지만 아이샤는 현명하고, 현실적인 생각을 한다.

아슬라 왕족이라면 아리엘의 친척이다. 아리엘은 루데우스와의 강한 유대를 지키려 하고, 결혼은 그 수단으로서 최적이다. 아르스보다 어리다면 아리엘의 딸일 가능성도 있겠지.

그렇게 생각하니 바로 납득이 간 모양이다.

"뭐, 아르스 군은 장남이고, 그런 일도 있겠지."

"나 결혼하게 되는 거야?"

"괜찮아. 아빠한테 확실하게 '싫다'고 말하면 분명 이해해 주실 거야. 하지만 그렇게 결혼이 싫어?"

"얼굴도 못 본 상대랑 어떻게 결혼을 하는데?"

"그럼 아르스 군은 어떤 사람이랑 결혼하고 싶어?"

아이샤에게 그건 대수롭지 않게 던진 말이었을 것이다.

분명히 '가슴 큰 사람이 좋아!'라는 대답 정도를 기대한 거겠지.

나도 가슴은 좋아하고. 그건 어쩔 수 없잖아. 길가에서 그런 여자를 보면 바로 시선이 가 버린다고. 어렸을 때부터 그랬다. 장래에는 여자를 밝히는 남자가 될 거라고 다들 수군거렸을 정도로.

하지만 나는 말했다. 또렷하게.

"난 아이샤 누나랑 결혼하고 싶어."

"뭐어?! 나?"

아이샤는 눈을 크게 뜨고 뚫어져라 나를 바라보았다.

나는 아주 진지했다. 그때 인생에서 제일 진지했다.

"어… 어라? 그러지 마, 나 같은 건. 아르스 군이 보기엔 아줌마잖아? 결혼하고 금방 후회할걸. 더 젊은 애랑 할걸 그랬다~라면서."

"나이는 상관없어. 노른 누나랑 루이젤드 씨도 나이 차이는 더 나잖아?"

"루이젤드 씨는 마족이니까. 겉보기로는 그리 나이도 안 들어 보이고."

"그럼 루이젤드 씨는 자기보다 빨리 늙을 사람하고 결혼했다는 소리잖아?"

"뭐… 그렇게 되나?"

"그럼 나이는 상관없어. 난 아이샤 누나를 좋아하니까."

농담이나 빈말이나 그런 게 아니었다.

나는 진짜로, 진지하게 그렇게 말했다.

아이샤도 사랑 고백이라면 얼마든지 들은 적 있겠지.

용병단 일을 하고 있으면 남자와 만날 기회도 있었겠고.

하지만 나는 그 녀석들과 비슷하게, 아니, 그보다도 더 진지한 마음이었어.

"…으음."

잠시 동안 나는 아이샤와 서로 바라보고 있었다.

아이샤가 그때 나를 보고 무슨 생각을 했는지는 모른다.

뭐, 하지만 대충 그렇겠지. 아버지와 닮았다든가, 그런 식으로 생각했을지도 모르겠군.

아이샤에게 내 아버지는 역시 존경하는 사람이고, 그리고 재미있으며 멋지니까.

"……."

나는 그저 아이샤의 얼굴을 바라보고 있었어.

그랬더니 아이샤의 얼굴이 말이지, 조금씩 빨개지는 거야.

표정도 조금 변했지. 평소처럼 고양이 같은 웃음이 아니라, 눈을 크게 뜨고 입을 꾹 다물고, 뭐랄까, 두근거리고 있다는 게 느껴졌어.

분명 지금이라면 키스 정도는 했을지도 모르겠군.

"우후후~ 고마워. 하지만 안 돼."

하지만 아이샤는 자제했다.

"왜? 내가 싫어?"

"아니, 그건 아냐. 하지만 우리는 남매 같은 거니까, 결혼 같은 건 아르스 군의 부모님도, 내 어머니도 허락해 주지 않아."

아이샤는 그렇게 말하면서 나를 껴안았다.

평소처럼. 아무 일도 없었던 것처럼.

하지만 평소보다 고동이 크고, 껴안는 팔에는 힘이 들어가 있었다.

"하지만 말이지, 나도 아르스 군을 많이 많이 많~이 좋아했으니까 기뻤어~"

아이샤는 그렇게 말하며 내 머리를 쓰다듬었다. 나도 묵묵히 그 손길을 받아들였다.

아이샤는 틈만 나면 나를 껴안았고, 나도 그렇게 안기는 것을 좋아했다.

평소와 같은 두 사람. 아무 일도 없었다. 돌아왔다. 그렇게 말하는 듯한 포옹이었다.

"괜찮아. 더 크면 나 같은 것보다도 훨~씬 좋은 사람을 자연스럽게 만나게 될 테니까."

"응."

하지만 나는 포옹이 평소와 다른 것을 느끼고 있었다.

뭐가 다른지는 잘 설명할 수 없지만, 분명히 다르다고 느끼고 있었다.

"……."

아이샤의 향기에 감싸이면서 나는 직감적으로 생각했다.

오늘 뭔가가 변했다고.

“…응.”

그리고 실제로 그날부터 나와 아이샤의 관계는 크게 변해 갔다.

★ ★ ★

이렇게 해서 나는 처음으로 아이샤에게 프러포즈했지….

스스로 말하고 보니 창피하군.

어렸을 때 이야기야. 딸이 아빠랑 결혼하겠다고 하는 거랑 비슷하지.

다만 나에게는 틀림없이 연심을 자각한 순간이었고, 진심이었어.

그러니까 나는 이날을 경계로 아이샤에게 어택하기 시작했다.

아이샤도 꼭 싫지만은 않은 눈치였지만, 어린 아이, 게다가 오빠의 아들에게 손을 대는 건 아니라고 생각했던 모양이야.

하지만 그것도 처음뿐, 시간이 흐름에 따라 그런 감각도 흐려져 갔다.

차츰 나를 받아들이게 되었어.

아슬라 귀족은 혈연자들끼리 결혼하는 것도 일상다반사니까.

뭐, 내 마음이 변하지 않는다면 그런 관계가 되는 것도 나쁘지 않다고 생각했겠지.

아이샤의 어머니, 리랴 할머님은 반대하겠지만, 그것 외에는 딱히 문제없다고.

하지만… 아니, 여기서부터는 『루데우스의 서』를 읽으면서 이야기할까.

나도 당시의 아버지가 어떻게 생각하셨는지 흥미가 생기는군.

3. 가족회의

지금에 와서 돌이켜 생각해 보면 내가 왜 그런 마음을 품었는지 알겠다.

아이샤를 내 아내 중 한 명으로 보았던 건 아니다.

여동생으로, 가족으로 사랑하긴 했지만, 내 것이라고 생각하지 않았다.

즉, 누군가에게 빼앗긴 건 아니라는 뜻이다.

가령 그랬다고 해도, 아내를 셋이나 둔 내가 바람이나 불륜을 나무랄 권리가 있을 것 같진 않지만… 아무튼 결국 나에게 원인이 있었을 뿐이다.

그날 그걸 이해했으면 그렇게 어긋나는 일은 없었을지도

모른다.

『루테우스의 서 29권』에서 발췌

★ ★ ★

오늘도 일이 끝났다.

최근의 일은 아슬라 지부장 아리엘과 관련된 것뿐이다.

아슬라 왕국의 귀퉁이에 대형 전이마법진을 건설하는 계획을 추진하고 있다.

세계적으로 '금기'로 취급되는 전이마법진… 그 금기를 아슬라 국왕인 아리엘의 권한으로 폐지하고 국내에 당당히 설치하자는 계획이다.

당연하지만 미리스 신성국은 반대하겠고, 국민들 사이에서도 반대하는 자가 나오겠지.

이미 오래전 일로 간주되고 있는 피트아령 전이사건의 피해자는 강하게 반발할 게 틀림없다.

물론 반대한다고 해도 아슬라 왕국은 민주주의가 아니니까 강행할 수 있다.

하지만 국민의 불만으로 쿠데타가 일어날 가능성도 있다.

아리엘을 노리고 있는 자들은 항상 존재한다.

물론 국민에 대한 '변명'은 아리엘에게 맡겨 두면 괜찮겠지.

오늘 그 초안을 읽어 보았는데, 꽤나 설득력이 있었다.

'피트아령은 전이사건으로 붕괴하고, 10년이 지난 지금도 복구 중인 상황이다.

그 아름다운 황금 밀밭이 원래대로 돌아오려면 앞으로도 수십 년은 더 걸리겠지.

전이사건은 우리에게서 수많은 것을 앗아 갔다.

그렇기에 우리는 전이에 관한 연구를 해야 한다.

두 번 다시 그런 일이 일어나지 않도록 더 알아야 한다. 전이란 무엇인가를.

그러기 위해서 전이마법진의 '금기'를 철폐한다.

반대하는 자도 있겠지. 불안하게 생각하는 자도 있을 것이다.

어쩌면 우리 대에서 실수를 반복할 뿐일지도 모른다.

하지만 실패는 분명히 밑거름이 되고, 우리 자손의 번영으로 이어지리라.'

그런 느낌의 내용이다.

반발할 만한 국민을 오히려 자기편으로 끌어들이자는 작전이겠지.

물론 반대 의견은 나오겠지만, 애초부터 아리엘은 인기가 있으니 어떻게든 해 줄 것이다.

아마도 제일 크게 반발할 국민들은 미리스 교도겠지.

애초에 현재의 모든 '금기'를 주도적으로 단속하는 것은 미리스교다.

그런 미리스 쪽으로는 내가 손을 쓴다.

내가 이야기하는 상대는 주로 무녀와 교황이다.

전이마법진을 대대적으로 설치한다고 하자 두 사람 다 내키지 않는 얼굴이었다.

최소한 미리스 국내에 설치하는 것은 불가능하리라는 내용의 말을 완곡하게 들었다.

일단 미리스행 마법진의 설치는 체념하면서도 '반대 의견을 완전히 억누를 수는 없지만, 교황이나 무녀가 선두에 서서 아슬라 왕국에 항의하는 일은 없을 것이다'라는 약속까지는 받아내었다.

대신 몇몇 요구 사항도 나왔지만, 그건 어쩔 수 없지.

일단 그걸로 오케이다.

아슬라 왕국 안의 미리스 교도인 귀족이 전이마법진의 편리함이나 이권을 이해하면 '언젠가 미리스 쪽에도 전이마법진을'이라는 목소리가 나올 가능성도 있으니까. 그렇게 되었을 때 교황이나 무녀가 앞장서서 반대하지 않는다는 점은 크다.

그런고로 미리스는 놔두고 일단 실험적으로 피트아령 사람들이 없는 지역, 그리고 국왕령 안에서도 특히나 인구가 적은 지역에 전이마법진을 설치.

실험을 거듭해 보고 잘 되면 숫자를 늘리기로 한다.

물론 단점도 있겠지. 운송업 같은 직종에서는 일자리를 잃는 사람도 생기겠지.

하지만 전이마법진이 일상적으로 퍼지면 편의성도 안전성도 향상된다.

결과적으로 사람들에게 도움이 될 것이다.

적어도 올스테드는 전이마법진의 효과적인 운용법을 아는 모양이고, 라플라스와의 전쟁에서도 유용하게 활용될 것이다.

아무튼 오늘 일은 대충 정리되었다.

며칠 휴가를 받기도 했으니 집에서 푹 쉬기로 하자.

"나 왔어~"

그렇게 생각하면서 나는 집에 돌아왔다.

아이들에게 둘러싸이고, 아내와 포옹하고, 맛있는 밥을 먹는다.

그런 행복한 나의 집.

"…어라? 아무도 없어?"

하지만 시끌시끌할 터인 내 집은 썰렁하였다.

시간은 오후. 록시, 라라, 아르스, 지크는 학교.

실피는 이 시간이면 장을 보러 나갔고, 리리와 크리스는 에리스와 함께 산책. 아이샤는 용병단에 갔을까? 제니스도 없다. 지로도 없다. 그러면 리랴는 제니스를 데리고 어딘가에 간 거겠지. 최근에는 지로를 타고 지로의 산책을 겸하기도 하는 모양이고.

루시는 올해부터 아슬라 왕국의 왕립학교에 들어가서 기숙사 생활을 하고 있으니까, 지금은 집에 없다.

그렇다면 집에는 나 혼자인가.

아, 문지기 비트가 있었지. 항상 집을 지키느라 고생이 많아.

네가 해로운 동물들을 쫓아내 주는 덕분에, 오늘도 맛있는 밥을 먹을 수 있겠어.

다음에 좋은 비료라도 받아다 줄게.

그런 생각을 하면서 계단을 올라갔다.

"으음… 음…."

그러자 어딘가에서 소리가 들려왔다.

조금 괴로워하는 소리다. 아무도 없는 줄 알았는데, 누가 있었나? 나는 복도를 걸어 그 소리가 들리는 곳을 찾아보니, 아무래도 소리는 아이샤의 방에서 들려오는 것 같았다.

"아아… 음…."

열에 시달리듯이 괴로워하는 소리.

아이샤, 어디 아프기라도 하나?

"아… 좋아. 더…."

아, 아니다. 이건 그거다. 실피나 록시가 나랑 같이 잘 때 내는 소리다.

나도 에리스랑 잘 때 자주 내는 소리니까 안다.

"……."

하지만 난처하게 됐군. 정사 중인가.

그렇긴 해도 설마 아이샤에게 그런 상대가 있다니….

기쁘면서 슬프기도 한 복잡한 기분이다.

아이샤도 나이가 찼고, 오빠인 내가 봐도 미인이다. 상대가 있어도 이상하지 않다.

하지만 아무래도 상황이 좀 그렇군….

아니, 잠깐만. 어쩌면 모두 내 착각일지도 모른다.

정말로 열병이라도 앓는다든가, 귀 청소를 한다든가, 단순히 마사지를 하고 있을 뿐이라든가.

정말 어쩌면 프로레슬링 놀이일 수도 있지만…. 아니, 이 세상에 프로레슬링은 없다.

아무튼 가능성은 달리 얼마든지 있다.

"……."

좀 어색한 마음이긴 하지만, 모든 방향으로 생각해 보니 마음이 진정되었다.

노크라도 한 번 하고, 상대 남자를 소개받도록 하자.

파울로 대신 노른과 아이샤의 아버지 역할을 한다.

오래전부터 결심한 일이다. 상대 남자를 잘 봐 주도록 하자.

너무 경박한 남자라면 트집이라도 잡겠지만…. 뭐, 그래도 아이샤를 위한 일이다. 하지만 아이샤라면 이상한 남자에게 속는 일은 없을 것이다. 많이 특이한 남자를 골랐을지도 모르지만, 종합적으로 나쁜 상대는 아닐 테니까.

좋아, 선입견이나 첫인상에 사로잡히지 않고 상대의 본질을 똑똑히 봐주도록 하자.

본질을 꿰뚫어 보는 건 특기가 아니지만.

일단은 노크부터.

그렇게 생각하며 손잡이를 잡으려 했을 때 안에서 소리가 들렸다.

"아르스 군, 기분 좋아?"

"응, 응… 아이샤 누나."

나는 벌컥 하고 문을 열어젖혔다.

"어?!"

"우왁?!"

거기에는 믿기지 않는 광경이 펼쳐져 있었다.

아이샤와 아르스가 둘이서 침대에 들어가 있었다.

아르스가 아래고, 아이샤가 위였다.

두 사람은 알몸이었다. 두 사람은 땀으로 범벅이었다. 두 사람은 교미 중인 고양이가 갑자기 나타난 인간에게 놀란 것처럼 움직임을 멈추고, 얼굴만 이쪽으로 돌린 채 눈을 동그랗게 뜨고 있었다.

"……."

둘이서 프로레슬링 놀이….

인 건 아니겠지.

프로레슬링 놀이라면 제대로 팬티나 타이츠를 입어야 하겠고, 방에 이런 냄새가 충만할 일도 없다. 파이프 의자 같은 것도 없으면 이상하다.

즉, 이건… 그거다. 아이샤랑 아르스가….

"…어어, 음."

착각이었으면 좋겠다.

문을 열면 안에서는 아르스의 어깨를 아이샤가 주무르는 식의 광경이 있었으면 했다.

"어어, 으음, 그러니까."

말이 나오지 않는다. 이게 다 뭐야.

…대체 뭐냐고. 왜 이렇게… 어어…?

갑작스럽게 나타난 내 모습에 아이샤의 얼굴이 새파랗게 물들었다.

내 얼굴도 마찬가지겠지. 내 머리에서 핏기가 점점 사라지는 걸 느꼈다.

"저, 저기, 오빠, 어서 와…가 아니라, 이건…. 그게."

아이샤가 뭐라고 말하려 했지만, 아무래도 말이 잘 나오지 않는 거겠지.

그 말에 내 착각이 아니라 두 사람이 의도적으로 이런 상황을 만들었다는 걸 이해했다.

"두 사람 다… 지금 당장, 목욕하고, 옷 입고, 거실로, 와."

간신히 쥐어짜내듯이 그렇게 말하고 나는 문을 닫았다.

그대로 계단을 내려가서 거실로 향한 후 무너지듯이 의자에 앉았다.

몸에서 힘이 빠져나간다. 요란스럽게 울리는 심장소리. 좁아지는 시야. 꿈이었으면 좋겠다.

하지만 2층에서 소리 낮추어 들려오는 목소리가 무정하게도 현실이라고 알려 주었다.

위가 욱신거리고 토할 것 같은 기분에, 아무 생각도 할 수 없었다.

아이샤와 아르스가 씻고 오는 동안에 실피와 리랴가 돌아왔다.

두 사람은 나를 보더니 놀라서 무슨 일이 있었냐고 물었다.

나는 그 말에 간신히 내가 돌아온 뒤에 본 것을 말할 수 있었다.

그러자 리랴의 얼굴이 새파래지다가 내 모습을 보고 곧바로 새빨개지더니 다급히 어딘가로 달려가려 했지만 실피가 붙잡았다.

그녀는 내 이야기를 듣고도 냉정했다.

일단은 진정하고 록시랑 다른 사람들이 돌아온 뒤에 제대로 이야기를 나눠 보자.

그런 식으로 말한 모양이었다.

리랴는 그 말에 고개를 끄덕이고, 일단 식사 준비에 들어갔다.

아이샤와 아르스가 씻고 나왔을 무렵, 에리스와 다른 이들도 돌아왔다.

그녀는 거실에 있는 나를 보자마자 "누구한테 당했어?!"라고 물었다.

그 말은 예전에 파울로와 대판 싸웠을 때의 일을 떠올리게 했다.

일단 냉정하게 무슨 일이 일어났는가를 말하자, 에리스는 의외라는 얼굴이었다. 하지만 내 모습을 보고 심각하다고 생각했는지 그대로 아무 말도 하지 않았다.

목욕하고 나온 아이샤와 아르스와 교대하듯이 리리와 크리스를 씻기고 방으로 보낸 뒤에, 거실로 돌아와서 자리에 앉아 팔짱을 끼고 눈을 감았다.

아이샤와 아르스는 나란히 앉았다.

아이샤는 조금 불만스럽지만 여유 있게 앉아 있었다.

반대로 아르스는 불안함과 심각함과 사태를 이해하지 못하는 감정이 뒤섞인, 뭐라 표현하기 어려워 보였다.

이야기는 록시가 돌아온 뒤에 한다고 하자, 아이샤는 알았다며 고개를 끄덕였다.

그리고 록시가 돌아와서 라라와 지크를 목욕하러 보내면서 모두가 모였다.

★ ★ ★

가족회의가 시작되었다.

일단은 사실 확인부터다.

뭘 하고 있었냐고 물었더니 아이샤는 순순히 대답했다.

그동안 아르스는 계속 입을 다물고 있었다. 고개 숙인 채 무릎 위에서 주먹을 움켜쥐고 계속 침묵을 지켰다.

분명히 두 사람은 그런 사이였던 모양이다.

아이샤의 말로는 '연습'이었다고 했다.

"네. 아르스 님도 그럴 나이가 되셨으니. 주인님도 아시리라 생각하지만, 아르스 님은 여자를 밝히는 성격입니다. 마법 대학을 졸업하면 아슬라 왕국의 학교에 다니게 되신다고 들었지만, 그때가 되면 그런 기회도 많으리라 생각됩니다. 아르스 님은 장남이시고, 후계자를 남겨야 합니다. 그러니 장래에 실수하지 않도록 제가 연습 상대가 되어 드렸습니다."

아이샤의 입에서 나온 것은 차분한 경어였다.

아이샤가 외부 사람과 대화할 때 쓰는, 어딘가 차갑고 무기질하며 거절하는 듯한 경어다.

평소에 내게 쓰는 것과는 크게 다른 그런 어조로, 설명한 내용은 어조와 달리 가벼운 말이었다.

'연습.'

너무나도 가벼운 그 말에 나는 또 쇼크를 받았다.

아이샤와 아르스, 두 사람은 남매 지간은 아니지만 같은 집에서 남매와 마찬가지로 자란 가족이다.

적어도 나는 그렇게 생각했다.

딱히 이 세계의 이 나라에서 근친상간이 안 된다는 법률은 없다. 없긴 하지만… 그렇게 가벼운 감각으로 그런 짓을 하면 안 되겠지.

이건 야단쳐야 한다.

꾸짖는 건 별로지만, 내가 해야 한다.

문제라는 것을 납득시키고, 그만두게 해야 한다.

"그건… 안 되잖아."

"뭐가 안 된다는 겁니까."

"뭐냐니…."

하지만 뭐라고 설명해야 할까.

제일 먼저 떠오르는 건 파울로의 얼굴이다. 파울로라면 뭐라고 말했을까. 그저 안 된다고 했을까. 때렸을까. 아니면 쇼크가 너무 심해서 새파란 얼굴을 하며 말을 잃었을까.

나는 후자였다. 말을 잃었다.

아무튼 지금 이 순간은 큰 문제다. 이야기의 흐름에 따라서는 돌이킬 수 없는 일이 될지도 모른다.

신중하게 말을 골라야만 한다.

그렇게 생각했지만 고를 말 자체가 떠오르지 않았다.

"아이샤! 무슨 짓을 했는지 알고는 있습니까?!"

그런 나를 보다 못했는지 일단 리랴가 격노했다.

그녀는 처음부터 계속 분노한 상태였다.

"네. 아르스 님이 힘들어하시기에, 다른 집안 아이에게 문제를 일으키기 전에…."

"그런 의미가 아닙니다!"

"하지만 어머님, 어머님은 이전에 말씀하셨습니다. 주인님이 원하시면 거부하지 말고 받아들이라고. 왜 주인님은 되고 아르스 님은 안 되는 겁니까?"

"그건…."

리랴는 말문이 막혔다.

분명히 리랴는 과거에 아이샤를 내게 바친다는 식으로 말했다.

결론적으로 내가 상대하지 않기도 해서, 차츰 그런 말도 하지 않게 되었지만….

"그건 루데우스 님이 원하지 않기 때문…입니다."

"그렇다면 애초에 제가 주인님을 모시는 것도 주인님이 원했기 때문이 아닌가요?"

"물론 그렇지만…."

"어머님은 이해하지 못하신 걸지도 모르지만, 어머님이 지금까지 제게 시키신 것들은 모두 어머님의 자기만족입니다."

리랴가 경악했다.

새파란 얼굴로 입만 뻐끔거렸다.

이만큼 쇼크를 받은 리랴를 보는 건 오랜만이다.

"물론 어머님을 나무라는 건 아닙니다. 주인님을 모시는 것은 저도 바라는 바였습니다. 하지만 이번 일은 저 나름대로 그레이랫 가문을 위해서라고 생각하고 한 일입니다. 어머님과 이념은 일치. 그게 자기 뜻에 안 맞는다고 화내는 것은 다소 성급한 생각 아닙니까?"

"아이샤… 혹시 나에게 앙갚음을 하려고 이런 짓을 했나요…?"

"그러니까 저 나름대로 은혜를 갚으려고 한 일이라는데, 왜 그렇게 받아들이시나요?"

리랴는 그 말에 이를 악물며 고개 숙였다.

눈가에 눈물이 맺혔다.

분노인지, 아니면 슬픔인지, 양쪽 모두인지 모를 표정이다.

반대로 아이샤는 태연한 얼굴이다. 용병단이 어딘가와 충돌할 때 곧잘 보았다.

아이샤가 대화를 컨트롤할 때의 얼굴이다.

상대가 무슨 대답을 할지 알고 있고, 미리 무슨 이야기를 할지 다 정해 두었을 때의 얼굴이다….

이런 상황이 아니라면 든든하다고 생각할 만한, 아이샤의 여유 넘치는 얼굴.

"아이샤."

"말씀하십시오, 주인님."

내가 말해도 여유는 무너지지 않는다. 긴장이라고는 조금도 보이지 않았다.

나와 할 대화도 다 예측했다는 소리일까.

적어도 아이샤에게는 기죽은 기색이 없다. 설마 이번 일을 나쁘게 생각하지 않는 걸까.

"그런 짓은… 경솔히 하면 안 돼."

"물론 경솔히 한 것은 아닙니다. 아르스 님이니까 저도 두 팔 걷어붙이고 나섰습니다. 혹시나 해선 안 될 이유라도?"

태연하게 내뱉는 한마디.

할 말 있으면 어디 해 봐라, 라고 하는 듯한 말이다.

"아르스는 가족이야. 너에게는 동생 같은 존재잖아? 즉, 나와 너 사이 같은 거야. 그건… 안 되잖아?"

"그건 아닙니다. 제게 주인님은 왕이고, 아르스 님은 왕자님이라는 느낌입니다. 게다가 저는 주인님과 하는 게 싫다든가 안 된다고 생각한 적은 한 번도 없습니다. 분명히 이전에는 그런 감정과는 좀 다르다는 이야기를 했습니다만, 원하신다면 받아들였을 겁니다."

"……."

슬픈 기분이 들었다.

혹시 아이샤는 지금까지 계속 그런 마음으로 나를 대해 왔을까.

오빠라고 생각했던 건 나뿐이고, 아이샤는 계속 나를 모셔야 할 주인이라고 생각했던 걸까. 분명히 샤리아에서 재회했을 때 그렇게 말했지만, 오랜 시간을 보내면서 그런 감정은 없어졌다고만 생각했다.

“아. 물론 모두는 가족으로 생각하고 있습니다. 다만 표현이 어렵습니다만, 그런 느낌도 있습니다. 주인님은 오빠이고, 아르스 님은 조카. 그와 동시에 모셔야 할 상대. 양쪽 다입니다.”

“…….”

내 생각을 들여다보는 듯한 말에 다음 말이 나오지 않았다.

뭐라고 해야 좋을까. 해야 할 말이 있을 텐데 나오질 않는다.

일방적으로 내가 강요하는 것은 나쁘다고 생각하기 때문일까.

아니, 자신도 뭐가 잘못인지 확실히 이해하지 못하고 있다.

왜 아이샤와 아르스가 그래서는 안 되는가.

왜 나 자신은 이렇게 쇼크를 받았는가.

왜 이렇게 기분이 엉망이 되는 걸까.

왜 일부러 일을 크게 다루어서 가족회의를 열었을까.

누구를 탓하고 싶은 걸까. 누구를 꾸짖고 싶은 걸까. 어째야 좋을까. 모르겠다.

이런 상태에서는 무슨 소리를 해도 아이샤가 확실히 받아치는 비전밖에 떠오르지 않는다. 예견안을 쓸 것도 없다.

나의 이 마음을 대변해 줄 사람은 누구 없을까.

도움을 청하듯이 힐끗 록시 쪽을 보자, 그녀는 가엾을 정도로 기죽은 얼굴을 하고 있었다.

“내가… 내가 잘 지켜봤어야 했는데….”

그런 중얼거림이 들려왔다.

아, 이거 록시가 안 좋은 방향으로 흘러갔다. 이번에는 아무래도 도움이 안 되겠다.

애초에 연애 쪽으로는 약한 사람이다. 어쩔 수 없지.

그럼 에리스…는 더 안 되나. 무서운 얼굴로 아르스를 노려보고 있다.

에리스에게 도움을 청하면 피를 볼 분위기다. 거기까지는 바라지 않는다.

실피는 괜찮을까.

"뭐, 하지만 그런 거라면 어쩔 수 없어."

이야기가 대충 끊어졌을 때 아이샤가 갑자기 경어 사용을 멈췄다.

"나는 아르스 군을 위해서, 그레이랫 가문을 위해서, 그렇게 생각하고 한 행동이지만, 분명히 다소 가벼운 마음이었을지도 모르고, 생각 짧은 행동이었을지도 몰라. 오빠 말처럼 경솔히 할 짓이 아니야. 이번에는 내가 경솔했어. 미안해."

안도하는 분위기가 흘렀다. 누가 만든 분위기인지는 말할 것도 없다.

아이샤는 이야기를 정리하려고 했다.

주도권을 잡고 회의를 끝내려 하고 있다. 이 이야기는 이걸로 끝. 실수를 좀 했지만 반성하고 있습니다. 그리고 마무리로 '더는 안 하겠습니다'라고 한다.

하지만 나는 알고 있다. 그건 어디까지나 말뿐이다. 애초에 두 사람은 숨어서 하고 있었다.

정말로 아르스를 위해, 그레이랫 가문을 위해서 한 거라면 공개적으로…까지는 아니더라도, 누군가에게는 말했겠지. 성교육을 해도 되겠냐는 허락을 받으려 했겠지.

즉, 처음부터 잘못인 걸 알면서 한 짓이다.

그러니까 이 자리에서 더는 안 하겠다는 약속을 해도 또 하겠지.

다음에는 더 교묘하게. 누구에게도 들키지 않도록. 아이샤라면 분명 그게 가능하다.

"앞으로는 아르스 군과…."

"그럼 지크도 부탁할 수 있을까?"

아이샤의 말을 가로막은 사람은 실피였다.

그녀는 이 회의 내내 계속 조용하게 있었다. 평소에는 별로 보이지 않는 날카로운 눈으로 가만히 아이샤를 바라보면서.

그러다가 갑자기.

"네?"

"아르스를 상대하면서 요령을 알았다면 지크도 부탁할 수 있겠냐고 묻는 거야."

실피는 대체 무슨 말을 하는 걸까? 그래도 될 리가 없잖아.

그렇게 생각하며 무심코 실피를 보니, 그녀는 순간 내게 눈짓을 보냈다.

됐으니까 맡겨 줘, 라고 하는 듯한 시선…이라고 믿고 싶다.

"저기, 지크 군은… 아직 이르지 않아?"

"그렇지 않아. 지크도 금방 어른이 될 거고, 연습할 거면 이른 편이 좋을 테니까. 오늘 밤부터라도 해 줄 수 있을까? 싫어?"

"싫은… 건, 아니, 지만…."

"하는 김에 크라이브 군도 부탁할까? 우리 애는 아니지만, 친척 같은 아이고."

실피의 기막힌 발언에 아이샤의 이마에 식은땀이 흘렀다.

시선이 흔들리고 순간 아르스를 보았다.

아르스는 여전히 고개 숙인 채 말이 없었지만, 아이샤의 시선을 받고 살짝 고개를 들었다.

아이샤와 시선이 마주쳤다.

괜찮아? 어떻게 하면 돼?

그렇게 말하는 아르스의 불안한 시선을 받고, 아이샤는 마음을 굳힌 기색이었다.

실피를 다시 바라보고 생긋 웃었다.

"응, 알았어. 그럼 지크 군하고 크라이브 군한테도 가르쳐 줄게."

아이샤가 그렇게 말한 순간, 의자를 박차고 일어선 사람이 있었다.

"…너 말이지!"

에리스다.

그녀는 지금까지 계속 자리에 앉아서 팔짱을 끼고 입과 눈을 굳게 닫고 이야기를 듣고만 있었다.

그런데 그녀가 갑자기 눈을 부릅뜨고 주먹을 움켜쥐면서 성큼성큼 아이샤 쪽으로 다가가더니 주먹을 크게 들었다.

무심코 얼굴을 가리는 아이샤.

"어윽…?!"

하지만 얻어맞은 사람은 아이샤가 아니었다.

그녀의 옆에 앉아서 계속 고개만 수그리고 있던 아르스다. 아르스는 의자와 함께 날아가서 벽에 격돌.

코피를 흘리면서 놀란 얼굴로 에리스를 올려다보았다.

"너 말이지! 아이샤가 이런 말까지 하는데!"

"하지만 아이샤 누나가, 자기한테 맡기라고…."

"…하지만은 무슨!"

에리스가 다시금 아르스에게 주먹을 휘둘렀다.

아르스는 바닥에 쓰러져서 괴로운 신음 소리를 냈다.

"내가 언제 그렇게 가르쳤어!"

에리스는 더더욱 화를 내면서 아르스에게 다가갔다.

"나는 지키라고 했지! 누가, 이런 식으로! 버리라고 했어! 부끄러운 줄도 모르고!"

"그만둬! 에리스 언니!"

쓰러진 아르스를 아이샤가 감싸듯이 지켰다.

"아이샤, 비켜! 이 녀석의 썩어 빠진 정신 상태를 좀 뜯어고쳐야겠어!"

아르스를 감싼 아이샤까지 때려죽일 기세다.

나는 다급히 일어서서 뒤에서 에리스를 붙잡았다.

"에리스, 스톱! 좀 진정해!"

"진정하게 생겼어? 지금 봤으면 알잖아?!"

"뭐가?!"

무슨 말인지 모르겠다. 에리스가 아는데 내가 모르는 건 분하지만, 모르겠다.

답을 말한 건 실피였다.

"지금 건 다 아이샤의 연기였단 소리야."

실피가 일어서서 다가왔다.

그리고 그녀가 에리스를 손으로 제지하자, 에리스는 얌전해졌다.

실피는 아이샤와 아르스 앞에 웅크려 앉아서 부드럽게 물었다.

"아이샤, 지크나 크라이브랑 하기는 싫잖아?"

"……."

아이샤는 대답하지 않았다. 그저 뚱한 얼굴로 아르스를 껴안고 있었다.

지금까지 그렇게 달변이었던 게 거짓말 같다.

"아르스를 좋아해서 자연스럽게 그렇게 된 거지?"

"……."

"하지만 좋아한다고 솔직히 말하면 리랴 씨가 반대할 테니까 비밀로 한 거지?"

"……."

"아니면 사실 아이샤가 그런 걸 그냥 한 번 해 보고 싶었을 뿐? 그냥 흥미로?"

"아냐!"

마지막 말에 반응한 사람은 아이샤가 아니었다.

아르스다.

"아냐! 내가 좋아한다고, 아이샤 누나랑 결혼하고 싶다고 말했을 때, 아이샤 누나는 처음에는 안 된다고 했어. 하지만 내가 몇 번이나 좋아한다고 했더니 어쩔 수 없다고, 한 번만이라고, 사실은 안 된다면서…! 내가, 내가 계속 부탁해서, 그러니까 아이샤 누나는 어쩔 수 없이… 내가, 내가 잘못했어!"

아르스는 코피를 흘리면서 필사적인 표정으로 외쳤다.

그 말에 실피는 다시 아이샤를 보았다.

"자, 아이샤, 사실대로 말해 볼래?"

"……."

실피의 시선에 아이샤는 고개만 숙이고 있었다.

하지만 어금니를 악다물고 고개를 들었다.

"그래! 나는 아르스 군을 좋아해!"

"언제부터…."

그렇게 물은 건 누구였을까.

내 입에서 나온 것도 같다. 어쩌면 리랴일까. 록시였을지도 모른다.

"태어났을 때! 아르스 군을 봤을 때! 이 애는 나에게 특별하다고 생각했어!"

"……."

"아르스 군이 자라면서 그런 마음이 점점 커져서…. 하지만 참으려고 했거든?! 관계가 관계잖아! 나이도 열 살 이상 차이 나고! 나도 알아! 동생 같은 존재인데 이런 마음을 품는 건 이상하다는 걸! 게다가 아르스 군은 장남이고, 후계자고, 좋은 집안 딸과 결혼해서 그레이랫 가문을 키워 가야 하는 것도 알아! 하지만 아르스 군이 날 좋아한다고 그랬다고!"

간신히 내게도 전모가 보이기 시작했다.

즉, 그냥 평범한 연애였다. 상대가 고모와 조카 관계였을 뿐이지.

그렇긴 해도 나는 지금까지 아이샤와는 그런 관계를 맺지 않으려 했다.

그런 마음이 들지 않았던 것도 있지만, 어디까지나 여동생. 아내와는 또 다른 인간으로서 선을 지켜 왔다. 그 바람에 아이샤가 친족에게 손을 대는 건 NG라고 생각하게 된 거겠지.

하지만 아이샤도 아르스를 좋아했다.

계속 돌봐 오면서 좋아하게 되었다.

어떤 마음으로 처음 선을 넘었는지는 모른다.

정말로 한 번뿐이라고 생각하고 그런 걸지도 모른다. 하지만 그 바람에 아르스 쪽에서 고삐가 풀려 버렸다. 나도 남자니까 알지만, 처음에는 그런 법이다.

그리고 아이샤도 그 요구에 NO라고는 할 수 없었다.

애초에 자기도 하고 싶으니까. 본심으로는 맺어지고 싶으니까.

그 결과 남들 몰래 그런 매일을 보내는 결과가 된 것인가.

“아이샤답지, 않군요.”

록시가 혼잣말처럼 그렇게 말했다.

그러자 아이샤는 록시를 돌아보며 소리쳤다.

“그럼 나는 어떻게 하면 되는데?! 좋아하는데! 어쩔 수 없잖아! 아르스 군을 위해 뭐든지 해 주고 싶다고! 나는 아르스 군을 좋아하니까….”

아이샤의 말이 차츰 작아졌다.

아이샤는 울고 있었다. 아르스를 껴안고서 울고 있었다.

그 모습은 과거에 베가리트 대륙에서 나와 맺어졌을 때의 록시와 겹쳐 보였다.

“…아뇨, 마음은 이해합니다.”

그 말에 록시는 그렇게 말했다.

아르스만이 아니라 아이샤도 스스로를 컨트롤할 수 없었던 것이다.

아이샤답지 않게도 말이다.

생식은 인간의 본능이다. 안 된다는 걸 알면서도 어쩔 수 없을 때도 있다.

"오빠."

아이샤는 눈물을 닦고 고개를 들어 차분한 목소리로 말했다.

"이번 일은 잘못했습니다. 하지만 저는 아르스 군을 좋아해요. 아르스 군도 저를 좋아해요. 성인이 된 뒤라도 좋으니까 결혼시켜 주세요."

진지한 목소리에 주위는 조용해졌다.

실피가 나를 봤다. 부드러운 표정이었다.

"루디, 어떻게 할까?"

결정자는 나인가. 그래, 내가 연 가족회의니까.

하지만 내가 결정해도 될까.

주위를 보니 괜찮지 않겠냐는 분위기가 왠지 떠돌고 있었다.

분명히 몰래 그러는 건 좋지 않겠지. 대놓고 할 일은 아니라고 해도, 또 다른 방법은 있었을 것이다. 이렇게 들키기 전에 은근히 손을 써놓는다든가.

아르스와 아이샤는 서로를 사랑하고 있다.

분명히 아르스는 아직 어리지만, 누가 억지로 한 게 아니다.

그럼 좋지 않을까. 이런 자리를 준비해서까지 규탄할 필요는 없지 않을까.

그런 분위기가.

"……."

객관적으로 생각하면, 안 될 이유가 그렇게 있는 것도 아니다.

하지만 뭐지? 마음속에서 치솟는 이 기피감은….

"안 돼. 허락할 수 없어."

"어?"

실피가 당황했다.

어라? 내가 뭐 이상한 소리 했나?

아니, 잠깐만. 차분하게 생각해 보자.

아이샤는 그렇다고 치자. 아르스의 요구에 잘못이라고 알면서도 했다.

그건 아이샤의 판단이다. 올바른지 잘못인지는 둘째 치고, 아이샤는 그런 방향으로 가겠다고 결단했다. 나쁜 방향으로 흘러가더라도 아르스를 지키기로 결심했다.

하지만 아르스는 어떨까. 확실히 판단한 걸까.

남자란 하반신이 뇌를 지배할 때가 꽤 있다.

그렇게 되면 리스크나 그 이후의 일이 완전히 머릿속에서 사라지는 일도 자주 있다. 뇌세포가 하반신을 따라가는 꼴이다.

나도 실피와 결혼했을 때 거의 그런 생각밖에 없었다.

지금 와서 생각하면 실피와의 결혼도 낚은 물고기를 놓치기 싫다는 마음이 없었다고 단언할 수 없겠지. 인정하고 싶진 않지만, 그런 법이다.

아르스는 아이샤를 좋아해서가 아니라 어떤 인프린팅에 가까운 감각을 가지고 있을 가능성도 있다. 말하자면 그냥 하고 싶었을 뿐이 아닐까. 진심으로 사랑하는 게 아니라 일시적인 감정에 불과한 게 아닐까.

그게 잘못이라곤 하지 않는다. 본능에 따르는 게 잘못이라는 소리는 나로선 입이 찢어져도 할 수 없다.

지금은 순간의 감정이라도, 어쩌면 시간이 흐르면서 진심이 될지도 모른다.

하지만… 아르스는 옳고 그름을 제대로 판단하지 못하는 게 아닐까.

즉, 아르스는 너무 어린 게 아닐까.

물론 나이 문제가 아니다. 나이를 말하자면 내가 에리스와 첫 경험을 한 것은 지금 아르스와 비슷할 때다. 뭐, 내 경우는 전생도 포함해서 마흔을 넘었지만… 그건 넘어가고.

지금 가족회의에서 아르스는 거의 발언하지 않았다.

그 대부분을 아이샤에게 맡기고 있었다. 어쩌면 그대로 갔으면 전부 아이샤가 잘못한 거란 결론으로 끝났을지도 모른다. 아이샤는 그렇게 되도록 유도하고 있었다.

아르스는 아무것도 하지 않았다. 아이샤에게 다 맡겨만 두고, 아이샤를 악당으로 만들고, 위기를 모면하려고 했다.

그러니까 에리스가 분노했다.

아이샤의 지시에 따랐을 뿐이라고도 할 수 있지만, 역시 그래선 안 되겠지. 이런 건 누구 한쪽이 잘못한 게 아니다.

아이샤가 연상이고 판단력도 있으니까 아이샤의 잘못이 크다는 견해도 있을 수 있겠지.

하지만 양쪽에게 다 물어야 한다.

아르스도 회의에 참가해야 했다. 아이샤의 지시에 따라서 맡겨만 두는 게 아니라, 둘이서 내 반대에 대항해야만 했다.

부족하나마 스스로 생각해서 말이다.

그걸 할 수 없다면 역시나 인정할 수 없다.

“…….”

아르스를 보았다.

겁먹은 표정으로 나를 보고 있다. 에리스에게 얻어맞은 뒤로 완전히 위축되어 있는 걸로 보인다. 지금 상황을 타개하려는 마음을 찾아볼 수 없다.

이걸 보면 아마 지금까지 아르스가 실수했을 경우는 아이샤가 뒤처리를 했던 걸지도 모른다.

이번 일에서 ‘서로 좋아한다면 어쩔 수 없군. 하지만 아르스가 성인이 될 때까지 결혼은 미룬다’라고 말하더라도…. 과연 아르스는 그걸로 성장할 수 있을까.

아이샤는 이번에 아르스를 완전히 제어하지 못했다.

오히려 어쩐 일로 아이샤가 스스로를 제어하지 못하는 느낌마저 있었다.

아이샤는 아르스가 태어난 이후로 계속 함께 지냈다.

지금까지 아르스의 교육은 아이샤에게 맡겨 왔다. 아이샤라면 잘못된 것을 가르치지 않을 거라고 생각하고. 하지만 아이샤조차 모르는 영역이 된다면 가르칠 수 없겠지.

뭐, 아이샤 스스로 배워야 한다.

하지만 지금까지의 아이샤를 보면 이번 일을 통해 잘 성장하겠지.

하지만 아르스는 분명 성장할 수 없다.

아무것도 하지 않으니까. 응. 이래선 역시나 안 된다. 역시 아이샤와 아르스는 일단 거리를 두어야 한다.

그러니까 나는 반대했다.

…….

…………아니, 그게 아냐.

이게 아니다. 이것도 확실히 이유 중 하나지만, 이것만이 아니다. 그런 건 나중에 얼마든지 배울 수 있으니까. 아이샤도 아르스도 둘이서 배워 갈 수 있으니까.

그러니까 내 저항, 기피감은 이걸로는 설명할 수 없다.

하지만 그럼 뭐지? …모르겠다.

하지만 이 자리에서 일단 결론을 내는 편이 좋을 것 같다.

"…아르스는 조금 이르지만 아슬라 왕국의 왕립학교에 보낼게. 기숙사 생활이야."

망설임 끝에 내 입에서 나온 결론은 그런 말이었다.

과거에 파울로가 나와 실피를 보고 내린 결론과 거의 같았다.

"어?! 그럼 나랑 아르스 군을 떼어 놓겠다는 소리…?"

아이샤는 눈을 동그랗게 뜨고, 믿기지 않는다는 얼굴로 물었다.

"그래. 아르스는 아직 어리고, 아이샤에게 너무 의존하는 거 아냐? 자주성을 키우기 위해서라도 한동안 너희는 떨어져 있는 게 좋겠어."

"아니, 잠깐만, 오빠. 분명히 이번 일은 문제였다고 생각하지만, 내가 다음부터는 조심할게. 다음부터는 확실히 아르스 군에게 도움이 되게 할게. 아르스 군도 이번 일로 잘 배웠잖아. 에리스 언니에게 맞고 확실히 알았을 거야. 그러니까…."

"안 돼."

"왜 안 되는데, 오빠. 이유를 말해! 납득할 만한 이유를!"

"…내가, 싫어."

"그러니까 왜 싫냐는 소리야! 아르스 군을 아리엘 님의 따님과 결혼시킬 생각이니까? 내가 거슬려?!"

"아냐."

그보다 그건 또 어디서 튀어나온 이야기야?

분명히 아리엘에게서 그런 이야기가 슬쩍 나왔지만, 긍정적인 대답은 한 번도 안 했는데.

"그럼 내가 오빠의 소유물이니까? 지금까지 한 번도 소유물로 다루지 않았으면서?!"

“아냐. 나는 너를 소유물로 생각하지 않아.”

“그럼 뭔데! 안 된다고 할 거면 설명을 해 줘! 납득이 가면 나도 포기할 테니까! 포기할 만한 설명을 해 줘!”

“나도 모르겠어! 하지만 안 되는 건 안 돼!”

내가 그렇게 말하자, 아이샤는 아랫입술을 깨물었다.

어쩐 일로 나를 노려보고 있다. 아이샤가 이렇게 노려본 적이라곤 지금까지 없었던 것 같다.

무섭다기보단 슬프다. 나도 내 말이 부족하다는 건 알고 있다.

하지만 어쩔 수 없잖아. 이 저항감을 설명할 수가 없으니까.

이렇게 말해도 답답하고 불쾌한 느낌이 남아 있는 느낌이니까.

그런 건 안 된다고 생각하니까.

이 감정에 이유가 필요한가? 애초에 이유 같은 게 있을까?

아니, 설령 이유가 필요했다고 해도 관계없다.

말로 할 수 없을 뿐이지, 양보할 수 없다는 건 변함없다.

“…아이샤, 안 돼.”

지극히 냉정하게 그렇게 말했다.

반쯤 억지로 내 의견을 밀어붙이는 말이다. 분명 아이샤는 납득하지 않겠지.

그렇게 생각했지만, 아이샤는 내 얼굴을 보고 놀란 표정을 지었다.

그녀는 숨을 헐떡이며 핏기 없는 얼굴로 내 얼굴을 응시했지만, 호흡이 진정되기 전에 어깨에서 힘을 뺐다. 냉정해졌는지 한 차례 크게 숨을 내뱉었다.

"그래. 듣고 보니 분명히 아르스 군은 오늘도 학교를 빼먹었고. 최근 그런 일만 생각하는 모양이고. 나랑 같이 있는 건 좋지 않겠어."

납득하지 않는다. 그렇게 생각했지만, 왠지 통한 모양이었다.

"…이해해 줘서 고마워."

"알았어, 오빠."

그날 가족회의는 일단 그걸로 끝났다.

★ ★ ★

2층에서 애들을 불러서 식사를 하고 해산.

식후에 거실에서 실피, 록시, 에리스와 함께 잠시 의논을 했다.

실피는 몇 년 전부터 살짝 눈치채고 있었던 모양이다.

그녀는 아이샤와 함께 집안일을 하는 경우도 많으니까, 아이샤와 아르스가 서로를 의식하는 것을 눈치챘던 모양이다.

언젠가 그렇게 되리라고 생각했던 듯하다.

에리스도 마찬가지다. 다만 그녀는 두 사람이…라기보다도 아르스가 최근 묘하게 안절부절못하는 기색이라서 좋아하는 상대가 생겼나 보다고 생각했다. 아이샤라고는 생각하지 않았지만.

그것보다 아까 그 자리에서 아이샤의 뒤에 계속 숨어만 있던 게 성미에 거슬린 모양이다.

록시는 알아차리지 못했다.

그녀는 그 사실을 깊이 후회하면서 아슬라 왕국의 왕립학교에는 자기도 동행하겠다고 말했다. 교사로 부임하면서 아르스를 돌보겠다고.

그 말에는 힘이 있어서 나는 승낙했다. 록시라면 아르스도 의존하지 않겠지.

그보다도 두 사람의 앞날에 대한 내 생각을 이야기했다.

아르스를 마법 대학에서 중퇴시키고 아슬라의 왕립학교에 다니게 한다.

아이샤의 비호가 없는 상황에서 생활하게 한다.

최대한 혼자서 생각하고 행동하고 그 결과를 받아들이게 한다. 그러면서 지금처럼 아이샤에게만 의존하는 상태에서 벗어나겠지.

돌아올 때면 성인이다.

그때도 아직 아이샤를 좋아한다고 말하면. 장래를 생각하고 아이샤와 맺어지고 싶다고 하면. 이번 일이 한때의 잘못이 아니라고 하면….

그때는 두 사람의 교제를 허락하자.

솔직히 나로서는 거부감이 강하고, 유쾌한 일도 아니다. 지금도 토할 것 같다.

하지만 내가 정한다고 될 일이 아니다. 두 사람은 내 가족이고, 나는 아르스의 보호자이기도 하다.

하지만 소유물은 아니다.

아이샤는 이미 독립했어도 이상할 것 없는 나이고, 아르스도 성인이 되면 보호에서 벗어나도 된다.

물론 인신 문제를 생각하면 두 사람의 앞날을 컨트롤하고 싶은 마음은 있다.

하지만 내게 휘둘리기만 하는 것도 좋지는 않다.

"응, 알았어. 루디다운 결론이다 싶어."

"…루데우스가 그렇게 말한다면 좋아."

"네… 알겠습니다."

그렇게 말하자 세 사람은 고개를 끄덕였다.

적어도 세 사람은 내가 느낀 불쾌함 같은 것이 없는 모양이다.

에리스는 반대하고 싶은 눈치였지만, 그건 어디까지나 아르스가 한심했기 때문이겠지.

이 세계에서는 근친 결혼도 곧잘 있다.

특히 아슬라 왕국의 귀족들 사이에서는 그렇다. 마족도 그런 종족이 있다고 들었다.

그러니까 그리 심하게 저항을 느끼지 않은 걸지도 모른다.

내가 이질적인 걸지도 모른다. 이쪽 세계에 익숙해졌다고 생각하지만, 따지자면 이세계의 인간이다.

몇 년이 지나도 감성적으로 변하지 않는 것은 있다.

물론 전생에서 근친을 금기라고 생각하지 않긴 했지만….

"그 두 사람, 예전의 우리 같네."

"그래…?"

실피의 말에 나는 고개를 갸웃거렸다.

아이샤와 아르스의 관계는 나와 실피의 그것과 크게 다른 듯한데….

아니, 그런 이야기가 아닌가.

나와 실피처럼 부모가 억지로 떼어 놓았다는 점을 말하는 거겠지.

혹시 그날 파울로가 우리를 떼어 놓지 않았다면 우리의 인생은 전혀 달랐을 거다.

나는 에리스와 만나면서 실피와 크게 사이가 벌어졌다.

결과적으로 실피와 맺어지긴 했지만, 전이사건이 일어나지 않았으면 에리스하고만 결혼했을지도 모른다.

아르스가 왕립학교에서 나에게 에리스 같은 존재와 만날지는 모르지만….

아무튼 전이사건 같은 일은 그리 흔히 일어나지 않는다.

뭐, 시간을 좀 두면 두 사람 다 마음이 진정되겠지.

이게 좋은 방향으로 흘러갈지, 나쁜 방향으로 흘러갈지는 모르지만….

나로서는 이번 일이 한때의 실수라서 좋은 방향으로 흘러갈 거라고 믿고 싶다.

"하지만 그렇게 무턱대고 안 된다고 하는 건 루디답지 않았어."

"…맞아."

"혹시 제대로 된 이유가 있다면, 두 사람이 헤어지기 전에 말해둬. 이유도 모른 채 억지로 갈라지는 건 꽤 괴로우니까."

그렇게 말하는 실피의 어조에는 아주 약간이지만 나무라는 기색이 있었다.

어쩌면 그녀는 처음부터 아르스와 아이샤의 관계를 인정할 생각이었을지도 모른다.

애초에 나와 달리 마음의 준비도 되어 있었고, 저항도 없으니까.

"알았어."

하지만 그도 그렇군.

분명히 너무 억지스러웠을지도 모른다.

나와 실피 때는 떼어 놓는 게 결과적으로 우리에게 도움이 되었지만….

그렇다고 해서 같은 짓을 밀어붙이는 것은 아무래도 좀 아니다.

아이샤도 아르스도 한 명의 인간이다.

아무리 따르는 모습을 보인다고 해도, 내 멋대로 해도 되는 게 아니다.

"……."

뭐가 정답일까.

어떻게 하는 게 좋을까.

그렇게 생각하면서 이야기를 마치고, 우리는 방에 돌아가서 잠들었다.

다음 날.

아이샤와 아르스는 한 통의 편지를 남기고 사라졌다.

'둘이서 살겠습니다.'

야반도주였다.

4. 젊음

그날 밤 집에는 리랴의 노성이 울렸다.

거실에서 의논하는 어른들에게는 들리지 않았을지 모르지만, 우리에게는 들렸다.

리랴가 아이샤를 야단치는 소리다.

'왜 그런 짓을 한 거냐. 돌아가신 주인님을 볼 낯이 없다.'

'루데우스 님의 자제분을 홀리다니, 우리가 그런 짓을 하면 안 된다.'

그런 비통한 소리를 나는 조금 떨어진 방에서 들었다.

정말로 마음이 아팠어.

원래는 나도 그 자리에 있어야 했는데, 아이샤가 '나는 괜찮아'라고 하기에 방에서 기다리고 있었다.

부끄러운 이야기지만, 빨강 엄마가 그런 소리까지 했는데도 나는 적극적으로 나서지 않았다.

아니, 적극적이고 아니고를 떠나서 그만큼 아이샤를 믿고 있었지. 아이샤의 만사를 해결하는 능력은 당시의… 아니, 지금의 나와 비교해도 위였으니까.

모든 걸 맡겨 두면 다 잘 풀린다. 무슨 일이든 완벽하게 해낸다.

아이샤는 말이지, 그런 여자야. 대단하지. 정말로 대단해.

"아르스는."

그러니까 내 방에 모인 누나, 라라가 그렇게 말했을 때 맞는 말이라고 생각했다.

"아이샤 언니랑 어울린다고 생각해?"

분명히 나와 아이샤는 어울리지 않는다.

그도 그렇지. 정말로 모두 떠맡기기만 하고, 위기일 때도 매달리기만 하고. 물론 아이샤는 뭐든지 할 수 있지만, 그렇다고 그녀만 믿고 있는 게 좋은 일일 리가 없어.

빨강 엄마가 부끄러운 줄 알라고 했던 건 그런 의미야.

그때는 확실히 말로 표현할 수 없었지만, 맞는 말이라고는 생각했지.

"나도 아르스 형은 이상하다고 생각해."

"지크…."

"난 그런 거 아직 잘 모르지만, 아르스 형은 아이샤 누나를 좋아하잖아? 둘이서 잘못을 했는데 아이샤 누나만 꾸중 듣는 건 이상하잖아."

동생이 그렇게 말했을 때 그럴지 모른다고 생각했어.

하지만 이때도 나는 아직 이렇게 생각했지.

아이샤가 자기가 다 알아서 하겠다고 말했다, 고 말이지.

"루시 언니가 없어서 다행이야. 있었으면 폭발했을걸. 분명 엄청 때렸을 거야."

"맞아."

망설임은 있었다.

누나와 동생이 날 흘겨보고, 나는 아무런 대꾸도 할 수 없었다.

물론 나도 이상하다는 건 알고 있었어.

좋아하는 여자에게 전부 떠맡기고, 전부 책임지게 하고, 그런 게 옳을 리가 없다고.

나도 아이샤 말고 다른 사람에게 배운 것도 있으니까. 내가 아는 이상적인 남자의 모습, 인간의 모습이란 그런 게 아니라는 정도는 알고 있었지.

“아르스, 지금이야말로 남자다운 모습을 보여야지.”

“그래. 아르스 형, 힘내!”

“…아니, 하지만 남자다운 모습이란 건 어떻게 해야 해?”

내가 그렇게 묻자, 사이좋은 남매는 서로의 얼굴을 바라보았다.

몰라? 라는 얼굴이었다. 하지만 모르는 건 모르는 거지. 나는 역시 바보니까. 모를 때는 모르는 거야.

적어도 아까 가족회의에서의 그 태도를 분하게 여겨 봤자 소용없다는 정도는 알아.

과거에 사로잡히지 말고 반성하고 앞으로 나아가자, 그게 우리 집안의 가훈이다.

“…아빠를 쓰러뜨린다?”

“뭐?”

라라의 말에 지크가 놀랐다.

“아까 회의, 몰래 엿들었는데. 잘 들어 보니까 반대한 건 아빠랑 할머니뿐이었어. 하양 엄마는 아이샤 언니가 거짓말 한 거에 화냈고, 빨강 엄마는 아르스가 한심해서 화냈지만, 반대 자체는 하지 않았어. 할머니는 아빠가 화내지 않았으면 반대하지 않았을걸? 아르스가 아이샤 언니랑 친하게 지내는 걸 항상 기쁜 눈으로 봤고… 즉, 아빠를 쓰러뜨리면 해결. 빨강 엄마도 분명 그렇게 말할 거야.”

억양 없이 길게 말하는 라라.

평소에는 귀찮다면서 길게 말하지 않는 누나지만, 지금은 나를 위해 열심히 생각해 주었다는 게 느껴졌다.

그 말의 내용에 현실미가 없었지만.

"쓰러뜨리라니, 택도 없잖아."

"아르스라면 할 수 있어. 잠잘 때 습격해 버려."

아빠는 강하지만, 마술사다.

우리를 상대로 경계심도 약하다.

그러니까 라라의 말처럼 잘 때 공격하면 분명 이길 수 있겠지.

아니, 하지만 그것도 좀 아닌 것 같다. 잘 때 습격하면 빨강 엄마가 납득할 리가 없다.

"그, 그만둬. 아빠를 쓰러뜨려도 엄마들이 있잖아?"

"…그도 그런가."

라라는 그 한마디에 물러났다.

라라도 자기 생각이 그리 명안이 아니라는 걸 알고 있었겠지.

"그보다 아빠를 해치워서 어쩔 건데?"

"아빠를 저세상으로 보내 버리면 당주 자리에 앉을 수 있고, 아이샤 언니를 마음대로 할 수 있어."

"저세상이라니…. 그건 좀 심하지 않아?"

"맞아. 농담이야."

라라의 농담은 별로 웃기지 않았다.

하지만 빨강 엄마에게는 그 정도 기개를 보여 주지 않는 한 통하지 않겠지.

아빠한테 '여동생을 제게 주세요'라고 선언한다든가?

그것도 어딘가 좀 아닌 것 같은데…. 하지만 하양 엄마는 천천히 이야기를 나눠 보면 이해해 줄 거다.

천천히 이야기한다.

응, 그래. 내가 아이샤를 좋아하고 장래에 결혼하고 싶다는 사실을 확실하게 전해야 한다.

아빠가 왜 반대하는지는 파랑 엄마가 가르쳐 줄 거다. 그 해결 방법도.

그렇게 생각하니 이것저것 정리되는 것 같았다.

나도 화술이 그리 뛰어난 건 아니지만, 그래도 분명 전해질 거라 생각했다.

"아, 설교 끝났다."

"나 잠깐 갔다 올게."

"들키지 않게 조심해."

창밖에서 희미하게 울리던 리랴의 노성이 잦아들고, 찰칵 하고 문이 닫히는 소리가 들렸다.

나는 아빠와 엄마들에게 들키지 않도록 조심스럽게 이동해서, 리랴에게서 풀려난 아이샤가 방으로 돌아가려는 타이밍에 손을 붙잡았다.

"아이샤 누나…."

"아, 아르스 군…."

'이러면 안 돼. 아까 야단맞았는데, 이렇게 만나는 모습을 들키면 또 야단맞을걸?'

그렇게 말하며 내 콧등을 가볍게 찌르며 웃는 아이샤의 모습을 그렸다.

그리고 왜 실패했는지를 가르쳐 주며 앞으로 어떻게 할지를 가볍게 제안한다.

그런 모습을 순간 생각했다.

"미안, 실패했어…."

"아니."

하지만 그게 아니었다.

아이샤는 초췌한 모습이었다.

체념과 실망과 초조함이 뒤섞인 듯한 표정으로, 웃으려하다가 평소처럼 웃을 수도 없어서 어떻게 할지 모르는 얼굴을 하고 있었다.

"우리 멀어지게 되겠네…."

언젠가는 그렇게 될 거라고 생각했다.

루시가 아슬라 왕국의 학교에 간 것처럼, 나도 라노아 마법대학을 졸업하면 여기서 없어진다. 그건 이미 결정된 일 아니던가.

하지만 혹시 아이샤는 나를 따라올 생각이었을까.

아이샤가 어쩔 생각이었는지까지는 몰랐지만, 그런 준비를 하고 있어도 이상하지 않았다.

아이샤는 그런 게 충분히 가능하니까.

"…아르스 군."

아이샤는 조용히 말했다.

"도망칠까? 우리 둘이서. 이 집을 나가서 다른 곳으로."

처음 보는 표정이었다.

울 것 같은, 절대로 그렇게 안 될 거라는 걸 알면서도 무심코 입 밖에 내놓고 말았다는, 그런 느낌의 말이었다.

"아냐, 농…."

"가자."

그러니까 나는 아이샤가 농담이라고 말하기 전에 그렇게 말했다.

반사적인 행동이다. 지금까지 생각했던 게 모두 어딘가로 날아갔다.

"아이샤 누나가 그러고 싶다면 나는 따라갈게. 아이샤 누나가 하고 싶을 걸 내가 전력으로 도울게. 같이 가자. 난 아이샤 누나를 좋아하니까 떨어지기 싫어."

아이샤는 한동안 놀란 얼굴을 한 뒤에 억양 없는 목소리로 말했다.

"와아…."

"난 아직 하나도 안 강하고, 도움도 안 되겠지만, 아이샤 누나를 지키겠어."

그렇게 말하며 손을 잡자, 아이샤는 얼굴을 붉히고 어색하게 내 손을 맞잡았다.

아이샤가 이때 무슨 생각을 했던 건지는 모른다.

나도 아무런 생각이 없었다.

하지만 둔감한 나라도 말이지, 아이샤가 나와 함께 있고 싶어 하는 정도라면 알고 있었어. 평소에 감정 같은 건 무시하고 효율 좋은 방법만 생각하는 아이샤가 그런 걸 깡그리 무시하고 처음으로 감정에 치우친 말을 했으니까.

그러니 이뤄 주고 싶다고 생각할 만하지.

"…그럼 그렇게 할까."

그리고 우리는 가출을 결심했다.

★ ★ ★

짐은 금방 다 꾸렸다.

아이샤는 만일의 경우를 위해 피난용 가방을 준비해 두고 있었다.

아빠의 적이 언제 우리를 습격할지 모르니까 언제든지 도망칠 수 있도록.

그중 두 개를 가지고, 아이샤는 잠시 생각한 뒤에 내게 두

개 다 들게 했다.

짐은 그리 무겁지 않았다. 어디까지나 최소한의 피난용이니까. 이것만으로 괜찮겠냐고 묻자, 아이샤는 "괜찮아, 괜찮아, 도중에 구할 수 있는 건 그렇게 할 거니까."라며 웃었다.

그리고 우리는 뒷문으로 몰래 집을 나섰다.

레오는 짖지 않았다. 비트도 조용했다.

이미 다들 잠들었는지 집은 고요함으로 가득했지만, 창문으로 라라와 지크가 얼굴을 내밀고 보는 걸 알았다.

나와 시선이 마주치자 두 사람이 고개를 끄덕였다.

둘은 손을 흔들었지만, 나는 그러지 않았다. 두 번 다시 돌아올 수 없을지도 모르지만 불안한 마음은 없었다. 라라와는 또 만날 수 있을 거라 생각했다. 지크는 모르겠지만.

하지만 어째서인지 엄마들이랑은 다시 못 만날 것 같다는 생각이 들었다.

"가출입니까?"

그런데 집을 나서서 몇 걸음 발을 떼었을 때, 뒤에서 그런 목소리가 들렸다.

익숙한 목소리. 집에서도, 학교에서도 자주 듣는, 조금 졸린 듯하면서도 힘 있게 울리는 목소리.

파랑 엄마=록시 M 그레이랫이 거기에 있었다.

"……."

나는 아이샤의 앞으로 나섰다.

파랑 엄마가 상대라면, 이 거리라면 이길 수 있다.

그렇게 생각하면서 허리춤의 검에 손을 댔을 때, 내 손이 떨리는 것을 알았다.

"아르스 군, 괜찮아."

아이샤의 말에 나는 검에서 손을 뗐다.

지금 그 한순간만으로 이마가 땀으로 흠뻑 젖어서 옷소매로 땀을 훔쳤다.

파랑 엄마는 계속 우리를 지켜봐 준 엄마다.

학교에서도 모르는 게 있으면 자상하게 가르쳐 주었다.

친구와 싸웠을 때도 같이 사과하러 가 주었다.

아빠도 빨강 엄마도 하양 엄마도 아이샤도 리랴도 외출해서 없는 날에는 같이 식재료를 구하러 낚시도 다녔다.

언제나 냉정하고 온화하고 현명하고, 힘들 때 곁에 있어 주는 파랑 엄마에게 내가 무슨 짓을 하려고 했는지 생각하니… 눈물이 날 것 같았다.

이래야 하는 건가? 정말로 이래야 하는 걸까…?

그런 자문자답에 대답하는 사람이 없어서, 나는 그저 멍하니 서 있을 뿐이었다.

"설마 록시 언니에게 들키다니."

"두 사람의 변화를 알아차리지 못했던 게 충격이라서, 이야기를 좀 나눠 볼까 고민하고 있었기에…."

그렇게 말하는 파랑 엄마는 우리를 꾸짖는 것도 아니고, 화내는 것도 아니라, 평소처럼 냉정하고 부드러운 분위기였다.

"어디로 가는 겁니까?"

"말 안 해. 말하면 데리러 올 거잖아."

"먹고 살 길은 있습니까?"

"응, 둘이서도 살아갈 수 있어."

"모험가는 안 하는 게 좋아요. 수입이 별로니까."

"괜찮아, 괜찮아, 그렇게 위험한 짓 안 해. 다행스럽게도 루드 용병단을 운영해 오면서 돈은 모았으니까, 그걸로 어떻게든 될 거야."

"루디는 걱정할 거고, 찾을 거라 생각합니다."

"오빠라면 찾아낼지도 모르지만…. 글쎄, 의외로 오빠 눈이 안 닿는 곳도 있으니까."

"루디라면 못 찾을지 모르지만, 올스테드 님이나 페르기우스 님에게 부탁하면 못 찾을 것도 없겠지요."

"…그러네. …그래도 갈래."

"그렇습니까."

파랑 엄마는 크게 한숨을 내쉬었다.

"아이샤."

"왜?"

"안 들키게 손은 써두도록 하지요. 하지만 혹시 '이대로 가다간 안 되겠다' 싶으면 저에게 연락을 주세요. 방법은 뭐든지 좋으니까."

“응…. 알았어. 고마워, 록시 언니.”

아이샤는 가볍게 걸음을 옮겼다.

나는 그 뒤를 따라가면서, 미소 짓는 파랑 엄마를 보았다.

파랑 엄마는 막을 마음이 없는 모양이었다.

참다못해 물었다.

“저기, 파랑 엄마… 안 붙잡아?”

“네. 저도 당신 정도 나이에 가출해서 지금에 이르렀으니까요.”

“파랑 엄마도…?”

“어렸을 때 집을 뛰쳐나가서 모험가가 되고 그대로 라노아까지. 20년 이상 집에 돌아가지 않았습니다. 그래도 이렇게 살아 있으니까 괜찮습니다. 여행을 통해 많은 것을 배울 수 있어요. 아이샤에게 너무 의지하지 말고 자기 머리로 생각하고 노력해 보세요.”

“…네.”

파랑 엄마는 그렇게 말하고 내 머리를 가볍게 쓰다듬었다.

파랑 엄마는 키가 작아서 나와 거의 비슷할 정도지만, 어른이구나 싶었다.

그런 사람을 상대로 검에 손을 대려 했던 것을 떠올리니 눈물이 맺혔다.

“그럼 다녀올게.”

파랑 엄마에게 등을 보이고 우리는 여행에 나섰다.

5. 수색

과거는 시간이 아무리 지나도 내 뒤에 따라붙는다.

나는 과거를 반성했다고 생각했지만, 결국 그러지 못했다는 걸까.

아니, 반성은 분명히 했다.

다만 내가 실패라고 인식하지 않은 쪽으로는 역시 둔한 거겠지.

이번에도 중요한 점에서 눈을 돌리고 있었다.

몇 번이나 반성했다고 생각했지만, 이번에도 그랬다.

더 일찍 알아차렸다면, 그런 마음으로 후회해도 이미 늦었다.

아이샤와 아르스는 이미 없다.

『루데우스의 서 29권』에서 발췌

★ ★ ★

나는 편지를 본 순간 다급히 집을 뛰쳐나갔다.

찾아낸다고 해도 납득하게 설득할 수는 없겠지만, 찾지 않을 이유도 없었다.

시내를, 두 사람이 갈 만한 곳, 특히나 아이샤가 갈 만한 장소를 중점적으로 뒤졌다.

하지만 없었다.

하루 종일 꼬박 찾아다녀도 찾을 수 없었다.

루드 용병단 본부. 크리프가 예전에 살던 집. 마법 대학. 곳곳에 있는 용병단 소유의 창고.

아이샤가 자주 이용하는 찻집. 옷가게. 포목점. 잡화점. 도매업자.

마지막에는 올스테드의 사무소까지… 올스테드는 없었지만.

어디를 찾아도 두 사람의 모습은 보이지 않았다. 아무래도 이미 시내에는 없는 모양이다.

아니, 목격 정보는 있었다.

아침 일찍 도시 정문을 나가 걸어갔다.

아침 일찍 승합 마차를 탔다.

아침 일찍 마구간에서 말을 빌려서 떠났다.

그 밖에도 비슷한 정보가 몇 개 있었다.

하지만 어딘가 모순되는 정보였다. 이래서는 시외로 나간 건지, 아니면 시외로 나갔다는 게 페이크고 사실은 시내에 있는 건지, 도무지 알 수 없다. 아마도 아이샤가 의도적으로 흘린 정보겠지. 그녀라면 분명 그럴 수 있다.

하지만 정보량이 막대하다. 아이샤 혼자서 할 수 있는 양이 아니다.

누가 그 정보를 흘렸을까. 아이샤가 가장 자유롭게 다룰 수 있는 건 누굴까.

답은 하나. 용병단이다.

그걸 깨달은 순간 나는 루드 용병단 본부로 되돌아갔다.

리니아와 프루세나를 붙잡고 캐물으려는 것이다.

"루드 용병단의 첫 번째 규칙!"

"인사는 확실히! 허리를 확실히 굽히며 고개를 숙인다!"

"루드 용병단의 두 번째 규칙!"

"등을 쭉 펴고 빠릿빠릿한 목소리로!"

"루드 용병단의 세 번째 규칙!"

"의뢰인에게는 경의를 다할 것!"

돌아왔을 때 리니아와 프루세나는 광장에 단원들을 모아 놓고 위세를 부리고 있었다.

"절대로 잊지 말라냐!"

"몸에 새겨 놓는 거야!"

아니, 사훈을 제창시키고 있었다.

완전히 악덕 기업의 모습이다. 이거 아이샤가 시킨 걸까.

아니, 아이샤가 이런 쓸데없는 짓을 시킬 리가 없다. 이 녀석들의 독단이겠지.

"리니아, 프루세나, 시간 좀 있어?"

"우냥? 보스가 돌아왔다냥. 아까도 말했지만, 고문은 아직 안 왔어."

"그 이야기 말인데, 자세히 좀 들어 보고 싶어서."

"다들 해산이야. 오늘 하루도 빠릿빠릿하게 일하자!"

해산한 용병단을 돌려보내고, 나는 두 사람과 함께 간부실로 이동했다.

비싸고 좋아 보이는 책상이나 의자. 무슨 동물인지 잘 모르겠지만, 보고 있으면 왠지 마음이 풀어질 만큼 귀여운 느낌의 장식. 강해 보이는 마물 트로피. 커다란 물고기 모형. 고기를 보관하기에 좋을 거라며 내가 넘겨준 마도구인 냉장고.

리니아와 프루세나, 그리고 아이샤의 취향이 뒤섞인 방이다.

그래, 아이샤는 사실 귀여운 걸 좋아한다.

스스로 예술적인 것을 만드는 센스는 없지만, 고르는 건 또 잘한다.

그런 생각을 하면서 나는 두 사람을 자리에 앉히고 캐물었다.

"아르스와 아이샤가 도망쳤어. 너희, 뭐 들은 거 없어?"

"우, 우리는 아무것도 모른다냐."

"그래. 아무것도 못 들었어. 고기도 안 받았어."

노골적으로 휘파람을 불며 시치미 떼는 리니아와 고기를 떨어뜨리며 시선을 돌리는 프루세나.

아무래도 뭔가 아는 모양이다.

"어디로 갔는지 알아? 말해 줘, 지금 당장."

최대한 무서운 얼굴로 그렇게 물었다.

그러자 두 사람은 겁먹은 기색으로 서로를 껴안고 절레절레 고개를 저었다.

"어, 어디 갔는지는 모른다냐!"

"정말로 몰라!"

"다만 아침 일찍 사무소에 와서 정보를 흘려 달라고 그랬을 뿐이다냐!"

"거짓말 아냐, 믿어 줘! 증거는 없지만…."

너무 쉽게 실토했다.

증거는 없나.

즉 어느 게 진짜 정보고, 어느 게 가짜 정보인지 모른단 소리다.

아이샤가 그리 쉽게 꼬리를 잡힐 짓은 안 하겠지….

하지만 일단 언질은 받아 냈다.

역시 아이샤는 여기에 왔던 모양이다. 그녀가 마음대로 다룰 수 있는 인원이라면 용병단 외에 달리 없다. 아침 일찍 와서 거짓 정보를 흘리게 하고, 자기는 그중 하나, 혹은 다른 방향으로 이동한다. 똑똑한 아이샤가 취할 만한 수법이다.

분명 그걸로 끝이 아니겠지. 내가 정보를 더듬어 찾아가면 분명히 제2, 제3의 덫을 남겨 뒀을 것이다.

그렇게 나랑 이야기하기 싫은가…. 나랑 이야기해도 헛수고라고 생각하는 건가. 그 가족회의만으로 그렇게 생각하게 되었나. 아니면 더 이전부터 그렇게 느꼈던 걸까….

그렇게 생각하니 몸에서 힘이 빠져나가는 기분이었다.

"믿어 주지. 대신 아이샤의 수색을 도와줘."

과연 용병단에게 의뢰하는 게 옳은 짓일까.

찾는 척하면서 안 찾는다든가. 용병단원 중에 아이샤의 입김이 닿는 이가 있다든가. 그럴 가능성도 있다. 믿고 부탁했는데 사실은 마이너스 요인에 불과했다는 것은 흔히 있는 이야기다.

하지만 지금은 지푸라기라도 붙잡고 싶은 심정이다.

그렇게 생각하고 꺼낸 말이었는데, 리니아와 프루세나는 난색을 표했다.

"아니, 그건 좀 참아 줘냐. 혹시 이런 일이 생기면 누구 편을 들지는 고문한테 귀에 못이 박히게 들었으니까냐."

"그 일이 들통나면 내 권위는 실추야. 길바닥에 나앉아서 객사하게 돼…."

아무래도 두 사람은 아이샤에게 약점을 잡힌 모양이다.

"게다가 고문을 적으로 돌리기 싫다는 녀석은 용병단에도 여럿 있다냐."

"다들 약점이 잡혀 있어."

두 사람만이 아니다. 본부에 소속된 용병단원들 중 다수는 아이샤에게 약점을 잡혔든가, 혹은 은혜를 입은 모양이다. 용병단은 완전히 아이샤의 손바닥 위에 있는 것이다.

이 녀석들은 그냥 무늬만 단장이란 소리다.

"…나는 딱히 아이샤에게 못된 짓을 하려는 게 아냐. 그냥 만나서 이야기를 하고 싶은 것뿐이야."

"그래도 말이지냐…."

"무슨 이야기를 할지는 안 정했지만, 이대로 평생 못 보게 되는 건 너무 슬프잖아…?"

내가 한 말이지만, 아이샤와 아르스를 두 번 다시 못 만난다고 생각하니 가슴이 찢어지는 기분이 든다.

하다못해 이야기를 나누고 싶다. 본심이다. 지금 단계에서는 분명 어제 일을 거듭하게 될 뿐일 것 같지만….

아아, 그러니까 아이샤는 이야기도 하지 않으려는 걸까.

"부탁이야."

그렇게 말하자, 리니아는 프루세나 쪽으로 눈짓을 보냈다.

프루세나는 난처한 얼굴을 하면서 귀를 축 늘어뜨리고 끄덕였다.

리니아는 소리 내어 헛기침을 한 번.

"알았다냐. 고문이 제대로 마음먹고 도망쳤다면 우리가 도움이 될 것 같진 않지만, 협력하겠다냐."

"괜찮겠어?"

"나도 노예가 되었을 때 평생 가족을 못 만나겠다고 생각했다냐. 마음은 안다냐."

그러고 보면 그런 일도 있었지.

그때의 돈은 다 갚았던가. 아이샤에게 전부 맡겨 놨으니까 잘 모르겠다.

혹시 남아 있다면 그냥 탕감해 줘야지.

"고마워."

일단 그렇게 말하고 나는 두 사람과 헤어졌다.

★ ★ ★

용병단은 써먹기 좋은 조직이지만, 아이샤의 수색에는 도움이 되지 않는다.

그렇게 생각한 나는 다른 조직의 힘을 빌리기로 했다.

일단 마법 대학, 그리고 마술 길드. 그들은 여기 마법도시 샤리아에서 가장 힘 있는 조직이다.

시내에 없다는 게 거짓 정보라면, 분명 힘이 되어 주겠지.

교내에 대자보라도 붙이면 학생들이 정보를 줄지도 모른다.

"아, 그렇지. 자노바 쪽으로는 찾아보지 않았네."

자노바 상점.

당초에는 루이젤드의 그림책을 팔기 위해 만든 작은 가게였다.

하지만 창업 이후 몇 년. 자노바와 줄리의 노력이 있었던 덕인지, 최근에는 규모가 확장되고 아슬라 왕국에도 대규모 공장을 두며 각국에 지점도 생기고 있다.

자노바 상점의 경비원들은 루드 용병단이지만, 아이샤는 별로 들르지 않는 장소다.

더불어서 내가 잘 들르는 곳이기도 하다.

그러니까 있을 가능성은 별로일 것 같지만… 그걸 거꾸로 이용했을 가능성도 있다.

아이샤가 그런 단순한 짓을 할 것 같지는 않지만, 가능성은 일단 족족 확인하고 보자.

우선 자노바, 줄리, 진저, 앙. 세 명과 한 기에게도 이번 사정을 설명하기로 했다. 집안의 일을 되도록 밖에다가 떠들고 싶진 않지만….

단순히 자노바의 이야기를 들어 두고 싶었다.

"스승님치고 별일이군요. 덮어 놓고 안 된다고 하시다니."

대충 이야기를 다 들은 자노바는 그렇게 말했다.

"덮어 놓고 안 된다고 하려는 건 아니었어. 다만 아르스는 아직 어리다는 생각에…."

"아이는 금방 어른이 되는 법입니다. 고작 몇 년이지요. 성장이 빨랐던 스승님이라면 잘 아실 텐데요."

"…그래."

분명히 내가 아르스와 비슷한 나이였을 무렵이었던가, 자노바와 만났던 게.

하지만 나는 전생이 있으니까 똑같다곤 할 수 없다. 오히려 느렸을 정도였지.

"스승님도 그걸 아시기에 그렇게 설득하지 않으셨겠지요?"

성장은 누구에게나 찾아온다.

지금은 안 될지도 모르지만, 제대로 반성하고 노력하면 좋아진다.

나는 그렇게 노력해 왔다고 생각한다. 완전한 밑바닥 쓰레기에서 조금은 제대로 된 인간이 되었다고 생각한다. 조금은 제대로 된 쓰레기 정도일지도 모르지만… 그래도 나아졌다고 생각한다. 그러니까 정도의 차이는 있어도 누구든 할 수 있다고 생각한다.

"그럼 뭐라고 하면 좋았을까?"

"글쎄요…. 일단은 너무 완강하지 않았을까요. 스승님이 억지로 찢어 놓으려 하면 도망치는 수밖에 없었겠지요. 저라도 그렇습니다."

"하지만… 그대로 있다간 아르스가 아이샤에게 완전히 의존하게 될 거라고 생각해…."

"좋지 않습니까. 그런 상태에서라도 성장은 이룰 수 있습니다. 시간은 좀 걸릴지도 모르지만요."

"……."

분명히 의존하면서도, 느릿느릿일지도 모르지만, 성장은 하겠지.

물론 성장하지 않는 부분도 있다.

하지만 그건 주변에서 잘 보조해 주면 될 일이다.

…그건 알고 있다. 애초에 정말로 아르스가 아이샤에게 의존했는지도 모르지 않나. 아르스는 에리스의 아들이다. 누군가에게 의존하는 타입이 아냐.

아니, 하지만 내 아들이기도 하다. 그럼 의존할 수도 있지.

아니, 그렇다고 해도 내가 못 봤을 뿐이지, 자주성을 확실히 갖고 있지 않았을까. 의존한다고 해도 꼭 인형 같은 것이 아니란 사실은 지금까지의 아르스를 보면 안다.

그럼 왜 나는 그렇게까지 반대했을까.

"줄리는 어떻게 생각해?"

일단 여자에게도 들어 보고 싶은 마음에 줄리를 보았다.

그녀는 창백한 얼굴로 테이블을 보고 있었다.

"줄리, 왜 그래?"

"아뇨… 저기…."

"줄리, 뭐 알고 있습니까? 혹시 자노바 님에게 숨기는 거라도?"

말을 꺼내지 못하는 줄리에게, 계속 차분한 얼굴로 침묵을 지키던 진저가 물어봤다.

"제가 봤습니다."

"뭘?"

"아침 일찍, 아이샤 씨와 아르스 씨가 둘이서 여기 지하로 들어가는 것을 보았습니다."

"뭐?!"

그 말에 일어섰다.

새로운 정보다. 자노바 공방의 지하에는 전이마법진이 존재한다.

아슬라 왕국 피트아령에 있는, 나와 자노바의 비밀 연구소로 이어지는 전이마법진이다.

"줄리, 왜 말하지 않았느냐?"

"자노바 님과 루데우스 님도 곧잘 지하실에 가곤 하셨기에…."

"으음…."

자노바가 시선을 돌렸다.

우리가 몰래 행동했던 탓에, 모처럼 붙잡을 기회를 놓쳤다고 생각한 걸지도 모른다.

하지만 다름 아닌 아이샤니까 그걸 알고 이용했겠지.

반대로 말하자면 우리가 몰래 행동하지 않았으면 여기를 도주 루트로 이용하는 일도 없었다.

"자노바는 몰랐어?"

"어제는 가게에서 잤기에."

"그렇구나…."

아이샤가 그런 스케줄을 알고 있었을 가능성이 크다.

자노바 상점의 경비원은 모두 용병단이니까.

"아슬라 왕국 방면으로 간 건 확실한가."

"글쎄요…. 아무튼 아슬라의 수색은 아리엘 폐하께 부탁하면 되겠지요.”

“그럴게.”

우선 아리엘에게도 부탁해 보자.

“스승님.”

그렇게 마무리 짓고 떠나려는데, 자노바가 불러 세웠다.

“동생들, 그리고 자제분들과 의견이 어긋날 때는 차분하게 제대로 이야기를 나눠 봐야 합니다. 그리고 때로는 아랫사람의 잘못된 변명을 듣고 지켜봐야 할 때도 있습니다. 이쪽이 옳다고 해도 말입니다.”

“…….”

“제가 잘난 듯이 이런 소리나 할 입장은 아닐지도 모릅니다만….”

“아니, 고마워.”

자노바에게 설교를 듣는 건 오랜만이다.

동생인 팩스 문제로 후회하는 바도 크겠지. 말에서 무게가 느껴진다.

하지만 맞는 말이다. 분명히 이번에는 아이샤는 몰라도 아르스의 말을 듣지 않았다.

타개할 마음이 없다, 아직 아이다, 그렇게만 생각하고 아이샤하고만 이야기를 했다. 아까까지 아르스를 무시하고 아이샤와만 이야기할 생각이었다.

아르스에게도 어쩌고 싶은지 제대로 물어봐야 했다.

아르스에게도 생각을 하게 하고 의견을 말하게 해야 했다.

두 사람의 처우를 결정하는 건 그런 다음이라도 늦지 않았다.

의견 조율이 부족했다. 그런 점에서 조금 더 신중하게 했으면 적어도 두 사람이 도망치는 일은 없었겠지.

혹시 두 사람을 발견하면 아르스의 의견도 들어 보자.

좋아.

★ ★ ★

아이샤와 아르스가 도망친 것으로 여겨지는 아슬라 왕국은 이 세계에서 가장 거대한 나라다.

당연히 사람도 많다.

나무를 숨기려면 숲속이라는 말도 있듯이, 사람이 많으면 숨기 쉽다.

게다가 풍요로운 나라니까 사치만 부리지 않으면 먹고 살아가기 어렵지 않다.

아무튼 아슬라 왕국은 군인 사회다.

전국 각지, 어디든지 병사들이 있다.

그들에게 아이샤와 아르스의 인상을 알려 주면 찾아 줄지도 모른다.

아슬라 왕국의 기사단, 병사단의 힘을 빌리는 것이다.

그렇게 생각하고 나는 아리엘을 찾아가기로 했다.

성에 도착했을 때는 이미 해가 저물어 있었다. 아니, 심야라고도 할 수 있는 시간이었다.

하지만 급한 일이라고 말해서 곧바로 아리엘의 침소로 안내받았다.

"그런 일입니까…."

아리엘은 잠옷 차림이고, 머리도 엉망이었다.

아마도 자고 있었겠지.

내가 왔을 때는 긴장으로 굳은 얼굴이었지만, 사정을 이야기하자 지친 얼굴로 한숨을 내쉬었다.

"그런 일이라니요?"

"말하자면 형제 싸움 혹은 부모와의 다툼이지요?"

"그렇습니다만…."

"긴급이라고 하기에 무슨 일인가 했더니…."

아리엘은 바쁜 왕이다. 최근에는 예약이 없으면 만날 수 없다.

하지만 이번에는 바로 만나 줬다.

긴급이라고 해서 인신 관련이나 혹은 전이마법진 관련으로 문제가 터졌다고 생각해, 만나서 이야기를 들어 준 것이다.

즉, 그녀가 만나 준 것은 나를 신용하기 때문이다.

하지만 이야기의 주제는 가족 문제. 분명히 이건 안 좋은 행동이었을지도 모른다.

"죄송합니다."

"…아뇨, 사과할 필요는 없습니다. 달리 생각하자면 루드 용병단의 고문이 떠났다는 말도 됩니다. 그녀는 아주 우수합니다. 앞으로의 활동에 영향도 생기겠지요."

"그렇게 말씀해 주시니 고맙습니다."

"일단 실베스톨에게 명해 두지요. 물론 그녀가 마음먹고 숨었으면 찾기 어렵겠지만…."

아리엘은 종이에 뭐라고 기록하더니 시녀에게 건넸다.

참고로 실베스톨은 경비 책임자다.

아슬라 7기사 중 한 명으로, 최근에 자주 만나기 때문에 인사 정도는 하지만 여유롭게 이야기를 나눠 본 적은 없어서 어떤 인물인지는 모른다.

"감사합니다."

일단 이걸로 아슬라 쪽은 되었겠지.

또 뭔가 할 수 있는 일은 없을까.

그렇게 생각하면서 다음으로 가야할 곳에 대해 머리를 굴리고 있자, 아리엘이 갑자기 중얼거렸다.

"그렇긴 해도 피는 못 속이는군요."

"피라뇨?"

"집안의 방침에 따르지 않고 가출. 당신 아버님도 그러시지 않았나요?"

파울로 말인가. 그러고 보면 파울로도 아버지와 다퉈서 집을 나갔다고 했나.

그 뒤로 파울로는 한 번도 집에 돌아가지 않았다. 아버지와 재회하는 일도 없었다고 들었다.

나도 그렇게 될까. 아이샤와도, 아르스와도 두 번 다시 못 만나게 될까.

"……."

"애초에 왜 반대했습니까?"

"왜냐고 해도."

"그대로 결혼시키면 되었겠지요. 오랫동안 집안을 모셔 온 아이샤에 대한 보상도 되겠고요. 차기 당주인 장남을 고작 메이드에게…라고 생각하면 보상치고 좀 과한 느낌도 들지만, 아이샤라면 차기 당주의 아내 역할을 훌륭히 해낼 거라 생각하고, 애초에 루데우스 님으로서도 그런 편이 좋지 않았을까요?"

아슬라에서는 그런 이야기도 자주 듣는다.

주인에게 많은 이익을 가져다준 우수한 고용인이 보상으로 주인의 자식과의 결혼을 허락받는다.

물론 본인의 희망이 있어야만 가능한 이야기지만.

"…아르스의 약혼 이야기를 꺼냈던 아리엘 님이 하실 말씀입니까?"

"저는 지크 쪽이라도 상관없으니까요."

아리엘은 내 아이들이 성장하자 자기 딸과 결혼시키자는 말을 꺼냈다.

사실 이러는 데엔 이유가 있다.

현재 내가 아리엘의 지기로서 아슬라 왕국에서 활동하는 것을 좋게 보지 않는 자들이 있다.

내가 과거에 아리엘을 도왔다는 이유로 계속 이익을 취하고 있다고.

아슬라 왕국 안에 전이마법진을 설치하는 문제도, 단순히 내가 이권을 손에 넣으려고 그러는 것이라고 여기는 것이다.

단적으로 말하자면 아리엘은 싫어하는데 내가 끈덕지게 졸라서 그런 거라고 생각하는 이들이 있다는 소리다.

그러니까 아슬라 왕가에 아이를, 특히나 아들을 제공해서, 그것과는 다르다고 주지시킨다.

그런 것이 아리엘의 희망이다.

"뭐, 지크에 대한 이야기는 차차 하기로 하고…. 하지만… 문제 아닙니까? 아르스랑 아이샤잖아요."

"고모가 어렸을 때부터 돌봐 온 조카와… 아주 멋진 관계 아닌가요?"

"…저기, 역시 친족끼리 그러는 건, 안 좋다고 생각해서."

"왜?"

왜? 대체 왜일까?

왜 나는 이렇게 거부감을 품는 걸까.

전생에서는 금지되었던 일이지만, 이 세계에서는 딱히 금지된 것도 아니다.

아리엘도 진심으로 의아하다는 얼굴을 하고 있다. 실제로 혈연을 중시하는 집안이라면 고모와 조카가 결혼하는 일도 가끔은 있다. 나는 그걸 이해하고 있다. 그런 집안이 있다는 사실을 알고 있다. 그리고 그런 집안에 대해 딱히 거부감을 품는 것도 아니다.

그런데 왜 나는 이렇게 반대하는 걸까.

혹시나 질투일까?

사실 나는 아이샤를 사랑하고, 평소부터 내 것으로 삼고 싶다고 생각했던 걸까?

아니, 그게 무슨 소리야.

혹시 그렇다면 이미 이런저런 일을 겪으면서 아이샤와 맺어졌겠지.

그게 아니라 다른 이유. 그래, 예를 들어서 아이샤의 말처럼 나는 아이샤를 내 소유물로 생각했다든가.

말로는 아니라도 해도, 내 소유물이라고 인식하고 있으니까 그걸 아르스에게 빼앗겨서 화가 났다든가. 가능성은 있지만… 역시 그것도 아닌 것 같다.

아르스의 성장을 가로막으니까?

분명히 그것도 그렇지만, 그건 어디까지나 나중에 들먹인 핑계다. 정말로 아르스의 성장을 생각해서 반대했다면 아르스에게 더 신경을 썼을 것이다.

근본적인 부분에서 나온 이유가 아니다.

"모르겠습니다."

"그럼 잘 생각해 보는 게 좋겠네요. 분명 아이샤와 아르스는 그걸 듣고 싶었을 테고요."

"네."

아리엘의 말이 맞다. 아이샤와 이야기하기 전에 그런 점을 스스로 잘 정리해 두자. 그렇지 않으면 또 같은 문답을 거듭하게 된다.

내가 하고 싶은 말은 하나도 전해지지 않고, 아이샤는 또 도망치겠지.

"그럼 실례하겠습니다. 주무시는데 실례했습니다."

"네."

아리엘과 헤어진 뒤에 입구에 있던 도가와도 인사했다.

그는 정말 걱정하는 얼굴로 "여동생, 나도 찾을게."라고 말해 줬다.

고마운 일이다.

아리엘을 만나고 돌아온 뒤, 올스테드의 사무소에 갔다.

이미 완전히 심야다. 새벽 두 시나 되었을까. 누굴 찾아가기에는 미안한 시간이다.

하지만 수색에 협력을 얻고 싶은 사람은 아직 많이 있다.

원래는 내일부터 일에 복귀할 예정이었는데, 연기해야 한다.

"어라, 루데우스 씨, 아이샤 씨와 아르스 군은 찾았습니까?"

사무소에는 알렉이 있었다. 아직 깨어 있는 모양이다.

“아니, 아직이야. 올스테드 님은?”

“집무실에 계십니다.”

“너는 이런 시간까지 찾아 주고 있었던 거야?”

불사마족에게 수면이 필요한지는 모르겠지만, 적어도 알렉은 잠을 자는 녀석이다. 나를 걱정하며 일어나 있었던 걸까.

“네, 저는 뭘 찾는 쪽으로는 별로라서 못 찾았지만요.”

“그래, 고마워.”

알렉에게 인사를 하고 사무소 안으로.

접수원인 피리아는 이미 없다. 아무도 없는 로비를 통과해서 사무소 안으로.

올스테드의 집무실에 들어가기 전에 잠깐 멈춰 서서 생각했다.

과연 개인적인 일로 휴가를 더 늘려 달라는 게 가능할까. 올스테드는 내 휴가에 대해 자잘하게 언급한 적이 없다. 쉬고 싶다고 하면 얼마든지 쉬게 해 주겠지.

그렇긴 해도 말이지.

집안 사정으로 며칠이나 일을 팽개치는 건 과연 좋은 일일까.

아니… 나에게는 중요한 일이다. 가자.

“루데우스인가.”

방에 들어가자 올스테드가 노려보았다.

그냥 바라보았을 뿐이지만, 노려보는 걸로 보인다.

그런 얼굴이지만, 마치 내가 지금부터 말하려는 내용을 다 꿰뚫어 보는 것처럼 여겨진다.

식은땀이 날 것 같다.

"실은 드릴 말씀이 있어서."

"아이샤와 아르스 문제인가?"

"…누구에게 들으셨습니까?"

"록시다."

록시. 그녀도 움직여 주고 있는 모양이다.

아니, 나는 혼자서 뛰쳐나왔지만, 분명 실피나 에리스도 움직이고 있겠지.

집에 돌아가면 고맙다고 말해야지.

"아이샤가 모습을 감추었다는 모양이더군."

"네, 아르스와 함께. 지금 찾고 있습니다."

"아이샤가 작정하고 숨으려 하면 못 찾는다."

"…다들 그렇게 말합니다만, 그래도 찾아야 합니다. 한동안 휴가를 얻을 수 있겠습니까?"

겁먹지 않고 올스테드의 눈을 보며 말했다.

올스테드는 여전히 쏘아 죽일 듯한 시선을 보내 왔다.

"페르기우스에게는 내가 이야기해 두지."

"네?"

왜 여기에 페르기우스의 이름이 나오는 걸까? 무슨 예정이 있었던가?

"녀석은 평소에도 지상을 감시하고 있다. 어쩌면 찾아낼지도 모르지."

"아…! 네! 잘 부탁드립니다!"

아무래도 올스테드도 협력해 줄 모양이다.

"네가 무턱대고 명령할 정도니까 이유가 있었겠지만…."

"…스스로도 모르겠습니다."

그렇게 말하자 올스테드는 의아해했다.

정말로 스스로도 생각을 해야만 한다.

★ ★ ★

그 뒤로 각지의 지인에게 수색을 부탁했다.

미리스, 대삼림, 왕룡 왕국, 마대륙, 비헤이릴 왕국.

연줄 있는 장소에 가서 사정을 설명했다.

크리프에게는 설교를 들었다. 분명히 어려운 문제겠지만 중혼을 한 네가 할 말이냐, 설령 반대한다고 해도 더 유연하게 대응해라, 라고.

엘리나리제는 어이없다는 얼굴로 "허락해 주면 될 텐데."라고 말했다.

노른은 아이샤의 행동에 한심하다고 반응하면서 화냈다. 내 말과 방법은 옳다고 말했다.

루이젤드는 이번 일에 대해 언급하지 않았다. 계속 침묵을 지키다가 그저 “찾는 걸 도와주지.”라고만 말했다.

의견은 제각기 다르지만, 다들 수색에는 흔쾌히 협력해 주었다.

마대륙에서는 일단 아토페 친위대에게 협력을 부탁했다. 아직 아토페를 발견하지 못했고, 무어도 돌아오지 않았다. 오합지졸…이란 말은 아토페를 싸움에 끌어들인 내가 해선 안 되겠지만, 역시 지휘자가 없으면 전성기에는 못 미치겠지.

사람 찾기에 편리한 키시리카도 어떻게든 찾고 싶었지만… 아쉽게도 찾을 수 없었다.

찾기 시작하면 금방 찾을 수 있을 것 같았는데, 그런 것도 아닌 모양이다.

그렇게 각지의 연줄을 동원해서 수색했다.

레오에게도 도와 달라고 하고, 루이젤드도 나서 주었다. 페르기우스도 별로 적극적이진 않지만, 하늘에서 찾아 준다는 모양이다. 올스테드나 알렉도 짬이 나면 수색해 주었다.

하지만 찾을 수 없었다.

뛰어난 수색 능력이나 추적 능력을 가진 이들이 찾으러 나섰는데도 실마리가 잡히지 않았다.

아이샤와 아르스는 마치 이 세상에서 사라진 것처럼 홀연히 모습을 감추었다.

그렇게 순식간에 한 달이 경과했다.

리랴는 쇼크로 열이 나서 몸져누웠다.

침대에서 내게 “죄송합니다. 제가 잘못 키우는 바람에 이렇게 됐습니다.”라고 몇 번이나 사과했다.

아이샤와 아르스가 도망친 것이 자기 책임이라고 생각하는 걸지도 모른다.

지금은 다소 회복되었지만, 꽤나 여윈 모습에 어두운 얼굴을 하는 날이 계속되고 있다. 딱 한 번 방에서 우는 그녀를 제니스가 쓰다듬어 주는 모습을 보았다.

제니스에게도 한 대 맞았다.

라라에게 통역을 부탁했더니 ‘아무튼 슬프다’라고 말한 모양이다.

그녀는 아르스와 아이샤의 관계에 대해 찬성인 모양이다.

분명히 반대할 줄 알았는데…. 아무래도 제니스의 눈으로는 세상이 조금 다르게 비치는 모양이니까 그냥 평범하게 기쁜 일이라고 생각하는 걸지도 모른다.

실피는 “내가 너무 몰아붙이지 않았으면….”이라며 어둡게 말했지만, 아이샤나 리랴 몫의 일까지 했다. 수색에 참가하는 건 아니지만, 적어도 빨랫감이 쌓이거나 아이들이 배를 곯는 일은 없었다.

이럴 때 평소처럼 움직여 주는 것은 고마웠다.

에리스는 아무 말도 하지 않았지만, 아르스가 남긴 목검을 움켜쥐고 입을 굳게 다물고 있었다.

그리고 뭔가 결의를 숨긴 얼굴을 하더니, 진검을 들고 휘두르기 연습을 시작하였다.

록시가 아무 말도 않고 여행 준비를 시작하기에 내가 다급히 제지했다.

조금 당황한 기색으로 "저도 찾으러 갈까 해서."라고 말했지만, 이대로 록시까지 없어지면 가족이 무너질 것만 같았다. 하지만 그녀는 그녀대로 자기 연줄을 써서 찾는 모양이었다.

아이들도 불안해 보였다.

라라는 얼굴이나 태도로는 드러내지 않았지만, 장난의 빈도가 줄었다.

지크는 말이 없어졌다. 수다쟁이인 아이였는데, 집에서는 별로 말을 안 하게 되었다.

리리는 집에 틀어박히는 아이지만, 가끔씩 현관에 나가서 비트를 붙잡고 문 위에 올라가 대로 쪽을 멍하니 바라보게 되었다. 크리스는 "아르스 오빠랑 아이샤 언니, 어디 갔어? 보고 싶어…."라며 울었다.

루시는 아르스에게 화가 나기도 하는 모양이었지만, 걱정도 하고 있었다.

그녀는 이미 마법 대학을 졸업하고 아슬라 왕국의 귀족학교에 다니기 시작했다.

입학한 지 얼마 되지 않고, 이제 막 기숙사 생활을 시작했다. 그러면 자기 일만으로도 정신이 없을 텐데, 마법 대학 시절의 친구들에게도 수색을 부탁했다는 모양이다.

시간이 흐르면서 나도 일에 복귀했다.

아이샤와 아르스는 내게 중요한 존재지만, 해야 하는 일은 많이 있었다.

찾을 시간이 줄어드는 대신 생각하는 시간이 늘었다.

밥을 먹을 때, 목욕할 때, 자기 전, 일어난 직후. 나는 생각했다.

왜 나는 거기서 그런 식으로 반대했을까.

왜 무턱대고 안 된다고 말했을까. 무턱대고 이유도 없이 반대라니…. 그런 식으로 꾸짖으면 안 된다고 스스로도 알고 있었을 텐데.

답이 나오지 않는 채로 두 달, 석 달이 지났다.

여전히 아이샤도 아르스도 발견되지 않았다.

두 사람이 사라지고 반년 정도 경과한 어느 날.

나나호시와 만났다.

물론 두 사람이 사라진 뒤로 한 번도 만나지 않은 건 아니다.

그녀와도 의견을 교환했다. 그녀는 아이샤와 아르스의 이야기에 어이없어하면서도 내 이야기를 묵묵히 들어 주었다. 딱히 건설적인 의견을 준 건 아니지만, 아무튼 들어 주었다.

하지만 그날은 오랜만에 다른 이야기를 했다.

전생 이야기다. 딱히 중요할 것도 없는 이야기였다.

나나호시가 살던 동네의 근처에 있는 타코야키집 이야기다. 오래전부터 있던 가게로, 나도 어렸을 때 곧잘 사 먹었던 가게다. 오랜만에 먹고 싶다. 그런 이야기다.

그러고 돌아가는 길.

문득 어떤 사실을 떠올렸다.

이미 30년 가까운 과거.

잊을 수 없는 그날의 일.

그건 내가 태어나기 전… 이 인생이 시작되기 전의 이야기다. 아니, 어쩌면 그것이야말로 시작이라고 해도 좋을지 모른다.

즉, 전생 이야기다. 내가 죽은 그날.

내게는 형제가 있었다. 제일 위의 형은 이미 결혼했다. 아이도 있었다. 둘이다. 양쪽 다 딸.

일본인이니까 노른이나 아이샤와는 전혀 닮지 않았지만, 그래도 천진난만한 면은 똑같았다.

큰형은 집이 가까운 탓도 있어서, 본가인 우리 집에서 자주 자고 가곤 했다.

아내와 두 딸을 데리고.

나는 그걸 이용했다.

어느 날, 그들은 정원에서 비닐 풀장을 꺼내 놓고 놀았다.

형이 카메라맨을 맡아서, 최근 샀다는 디지털 카메라로 그 광경을 촬영했다. 나는 몰래 형의 카메라에서 기록 매체를 빼서 데이터를 복사해 그때의 사진을 손에 넣었다.

조카의 수영복 차림 사진을 손에 넣었다. 조카를 특별히 좋아했던 건 아니다. 그저 단순히 손에 넣을 수 있을 것 같았으니까, 그런 이유뿐이었다.

그리고 그날. 부모님이 돌아가신 날.

나는 그걸 사용하고 있었다.

그리고 그 모습을 형에게 들켰다.

그날 형은 그래도 아직 나와 이야기할 마음이 있었던 모양이다.

어디까지나 나와 대화하러 왔던 거라고 생각한다.

누나나 동생은 처음부터 나를 두들겨 패려고 왔던 걸지도 모르지만, 형만큼은. 이미 거의 체념했겠지만, 그래도 마지막 기회라는 마음으로.

부모님이 돌아가시고, 이제 너를 지켜 주는 사람은 없다. 슬슬 너도 새출발해야 하지 않겠냐. 최대한 지원은 해 주마. 그런 식으로.

그리고 내가 그 순간 마음을 고쳐먹고 인생을 새출발할 생각이었다면.

실제로 최대한 지원을 해 줄 마음이 있었을 것이다.

형은 그런 사람이었다. 아마도 오랫동안 나를 포기하지 않고 지켜봤을 것이다.

그 사진을 보기 전까지는. 내가 뭘 했는지 알기 전까지는.

형이 진짜로 화냈다.

돌이켜 보면 제일 먼저 나를 때린 사람은 형이었다.

나를 진심으로 혐오했던 누나도, 때릴 마음으로 기세등등해서 야구 배트까지 들고 왔던 동생도 아니었다.

형은 내가 쓰던 사진을 보고 5초 정도 움직이지 않더니 뭐라 알아들을 수 없는 소리를 지르며 나를 때렸다.

당연하다. 지금이라면 안다. 나도 그렇게 한다.

사랑하는 자식을 성의 배출구로 이용했으니까.

혹시 그 순간 내가 형의 입장이었으면 틀림없이 나를 때렸다.

즉, 그런 이야기다.

나는 그날의 형이었던 것이다.

하지만 아이샤는 여자고, 나보다 훨씬 제대로 살았고, 일도 번듯하게 하였다. 책임을 다해 왔다. 그러니까 때릴 수 없었다.

대신 나는 아이샤와 아르스의 관계에 강한 저항을 느꼈다. 두 사람을 떼어 놔야만 한다고 생각했다. 논리적인 생각이 아니다. 감정적인 것이며, 내 윤리관이다.

형에 대한 죄악감과 후회가 나를 움직이게 했다.

같은 짓을 반복해선 안 된다고 생각했다.

분명 내가 지금까지 아이샤나 노른에게 저열한 감정을 품지 않았던 것도 그게 원인이겠지.

과거의 나를 돌아보면, 그렇게 귀여운 여동생이 있는데 그런 마음이 들지 않는 게 이상하다.

다만 나 때와는 다르다. 비슷하면서도 전혀 다르다.

아이샤와 아르스는 서로 마음이 통했다. 나처럼 몰래 사진을 훔친 것도 아니다. 제대로 시간을 들이면서 관계를 쌓아 왔다.

분명히 아르스는 어리고, 인프린팅에 가까운 상태가 되었을지도 모른다.

사실은 아닐지도 모르지만, 어느 정도 그런 면도 있겠지.

하지만 10년이다. 10년 이상 아이샤와 아르스는 함께 있었다. 10년이란 세월은 길다.

아르스의 성장을 방해했다는 것은 나중에 갖다 붙인 이유에 불과하다. 단순히 내가 너무 예민하게 반응했던 것뿐이다.

그날의 형처럼.

나와 형은 그날 완전히 결별했다. 내가 죽으면서 관계는 끝났다.

하지만 혹시 내가 살아 있고, 지금이라도 사과하면 어떻게 되었을까. 인연을 끊은 건 틀림없지만, 사과할 수는 있었을 거다. 용서는 안 해 주었을 테고, 관계를 되돌릴 수도 없겠지.

하지만 뭔가가 있었을 것이다. 그 뭔가의 내용까지는 모르겠지만….

일단 저항감의 이유는 알았다.

나는 그날의 일이 트라우마가 되었던 것이다. 내가 한 짓이

최악의 결과를 불러서… 그러니까 가족에게 손을 대는 것을 금기로 생각하게 되었다.

분명 이 트라우마는, 저항감은, 그날의 형 정도는 아니겠지만….

혹시나 아이샤를 만나면 우선 사과부터 하자.

이유도 말하지 않고 억지로 찢어 놓으려 한 것을 우선 사과하자.

그러지 않으면 분명 대화할 수 없다. 아무것도 시작되지 않는다.

그 회의에서 아이샤는 이미 내게 사과했다.

그러면서 싫은 이유를 말해 달라고 했다.

그럼 이제는 내 차례다.

사과하고 내 전생에 대해 그녀에게 말하자. 그런 뒤에 두 사람의 앞날에 대해 다시 한번 이야기를 하자. 이번에는 제대로 이야기할 수 있겠지.

결론은 나오지 않을지 모르지만, 억지로 무슨 짓을 할 생각은 없으니까.

일단은 그런 결론이 나왔다.

두 사람이 발견된 것은 가출한 지 1년이 경과한 무렵이었다.

6. 사소한 균열

이렇게 읽어 보니 아버지는 이런 생각을 하셨구나.

후후, 당시의 나는 아버지가 절대적이고 빈틈없는 인간이라고 생각했고 전부 옳다고 믿고 있었지만, 뭐, 그럴 리가 없지. 부모란 물론 자식을 생각하지만, 결국은 한 명의 인간이니까 완벽하지 않은 법이야.

잘못을 저지르는 일도 있고, 스스로를 알 수 없게 되는 일도 있지. 그건 누구나 마찬가지야.

아버지가 돌아가시고 제법 세월이 흘렀지만, 그렇게 생각하니 친밀감이 다 드는군.

단숨에 가까워진 느낌이 들어. 이렇게 고민하셨다니.

아니, 아버지와는 자주 대화를 나누었다고 생각했는데, 결국에는 색안경을 끼고 보았던 걸까.

나에게 아버지란 머나먼 존재였어. 집에 계실 때가 별로 없는 탓도 있지만, 다들 아버지를 존경했으니까. 엄마들은 물론이고 가까운 어른들… 예를 들어서 우리의 용신 올스테드 님이나 학교의 수석교사, 교장 선생님. 또 당시에는 아직 구름 위의 존재였던 북신 칼맨 3세… 그 바보 산더 말이야. 자신감 과잉의 그 바보도 아버지를 나쁘게 말하는 걸 본 적이 없군.

아무튼 내 눈으로 봐도 '대단한 사람들'이 아버지를 존경하였다.

'하지만 이걸 봐서는 아버지로서 별로였던 모양이군요'라고?

뭐, 그렇지. 지금 와서 생각하면 그렇게도 보여. 엄격함이 부족했다.

아버지는 내가 뭔가 못된 짓을 해도 결코 꾸짖는 법이 없었다.

웃으면서 '다음에는 조심해라'라고만 했지.

그래, 예를 들어서 어느 날 아버지의 서재에서 놀다가 장식된 인형을 떨어뜨려서 망가뜨린 적이 있었다. 아버지가 친구인 자노바 상회의 회장에게 받았다는 소중한 인형이었어.

당연히 야단맞을 줄 알았다.

실제로 하양 엄마는 크게 화를 냈고, 빨강 엄마에게는 볼기짝을 맞았고, 파랑 엄마는 차가운 얼굴로 설교를 했다.

그러니까 당연히 아버지에게도 꾸중 들을 거라 각오하고 잘못했다고 말했다.

하지만 아버지는 화내지 않았다. "용케 솔직하게 말했구나. 장해. 다음부터는 조심하고."라고 말하며 내 머리를 쓰다듬을 뿐이었어.

좀 김이 새지 않나?

루시는 아버지의 그런 태도를 보고 '우리에게 기대하지 않으니까'라고 말했지.

아버지는 재능이 없는 우리에게 아무런 기대도 품지 않는다고 말이야.

그래서 그런 건가 싶었어. 하지만 결국 나는 위축되어 버렸다.

루시는 아버지에게 인정받기 위해서 노력했지만, 나는 그럴 수 없었으니까.

그런 아버지와 어느 날 함께 목욕을 했다.

아버지도 목욕을 할 때면 긴장이 풀리는 모양인지, 욕조 가장자리에 머리를 기대고 누운 자세로 힘을 쭉 빼고 '우와~ 살겠다~' 같은 소리를 하는 거야. 물론 집 안에서도 편히 있는 일이 많았지만, 그렇긴 해도 빈틈없어 보일 때가 많았다.

그 탓일까. 목욕할 때 아버지를 빤히 바라보았다.

그랬더니 아버지는 내 시선을 알아차렸는지 뻘쭘한 기색으로 몸을 일으키더니, 욕조 구석에서 가만히 있는 나와 시선을 맞추며 이렇게 말했다.

'아르스는 이제 혼자서 머리 감을 수 있냐?'

'…네, 할 수 있어요. 감을 수도 있어요. 당연하잖아요.'

아버지의 앞에서는 자연스럽게 존댓말이 나왔다.

'음, 그런가. 벌써 열 살이 넘었으니까. 빨리도 자라는구나.'

아버지는 그렇게 말하더니 살짝 웃음을 지었다.

'검술은 중급이지만, 이제 곧 상급 인가를 받아요. 마술은 아직 초급이지만, 무영창을 할 수 있게 되었습니다.'

'그래, 그래, 검술이나 운동은 중요하지만, 너무 과하지 않

도록 해라. 그러다가 몸이나 마음이 상하면 소용없어.'

그 말을 듣고 생각했지.

루시의 말처럼 역시 아버지는 우리에게 기대하지 않는 거라고.

애초에 아버지는 우리 나이 때 이미 물 마술 성급, 검술이라면 중급까지 취득했으니까.

거기에 비교하면 우리는 느리다.

역시 우리에게 기대하지 않는다. 그렇게 생각하니 슬픈 기분이 들었던 거지.

'하지만 그래, 벌써 열 살인가.'

'열 살인 게 왜요?'

'그게 말이지, 아르스. 지난번에 아슬라 왕국에 다녀왔는데, 아리엘 폐하가 너랑 자기 딸을 약혼시키자는 말을 꺼내더라고.'

'약혼…?'

'그래, 아슬라 왕국의 귀족은 열 살이 넘으면 그런 이야기가 나오지.'

아버지는 고개를 끄덕였다. 뭔가 납득하듯이.

'분명 앞으로 그런 이야기가 많아질 거야.'

'그런가요?'

'너는 에리스를 닮아서 외모도 잘생겼으니까. 분명 인기 있을걸.'

그 말을 듣고 나는 이렇게 생각했다.

싫다고.

'아, 하지만 아르스. 미리 말해 두는데, 인기 있다고 해서 여자한테 함부로 굴면 못쓴다? 장난으로 여자를 울리면 아빠도 화낼 테니까.'

'…네.'

아버지가 화내는 모습은 전혀 상상이 가지 않았다.

하지만 어떤 사실을 자각했지. 내가 누군가와 그런 관계가 되는 것은 그리 먼 일이 아니라고. 그리고 혹시 그런 관계가 된다면 누가 좋을까….

그렇게 생각한 순간 떠오르는 것은 역시 아이샤의 얼굴이었다.

그러니까 나는 아이샤에게 고백한다.

하지만 그때는 아직 몰랐다.

지금까지 계속 아이샤의 보호를 받아 왔던 나는 아직 몰랐다.

빨강 엄마가 말했던 "소중한 사람을 지키는 거야."라는 말의 진짜 의미가, '내가 아이샤를 지키는 거다'라는 사실을 나는 아직 몰랐다.

아, 조금 엇나갔군.

집을 나가서 어떻게 되었냐는 이야기였던가.

가출한 우리는 전이마법진을 몇 개 경유해서 미리스 신성국으로 이동했다.

그 뒤로는 마차로 며칠 정도 이동한 곳에 있는 강변 마을.

거기서 또 외곽에 있는 작은 집에 도착했다.

아이샤가 각국에 몇 개 준비해 둔 은신처 중 하나다.

아름다운 장소였어. 강은 반짝거리고, 녹음은 우거지고 조용하고.

집도 아이샤가 청소했더니 순식간에 깨끗해졌다.

조금 불편하긴 하지만, 황폐해지긴 했어도 밭이 있고, 조금 걷긴 하지만 숲에 들어가면 동물도 잡을 수 있었다.

마을에 가면 물물교환도 할 수 있다. 아이샤는 붙임성이 좋으니까 금방 마을 사람들과도 친해질 수 있겠지.

둘이서 살기에 충분하고 남는 환경이었다.

여기에서 둘이 살아간다고 생각하니, 바짝 긴장되었던 게 기억나는군.

힘내자, 내가 아이샤를 돕는 거야, 내가 아이샤를 지키는 거야, 라고 말이야.

물론 지금까지의 길에서도 마물이나 도적의 습격을 받으면 솔선해서 앞으로 나가 싸웠다.

언제처럼 공포로 발이 얼어붙는 일은 없었다.

철들 무렵부터 교육받은 검술은 마물에게도 도적에게도 통했으니까 내가 지킨다는 마음이 더욱 강해졌다.

다행스럽게도 뒤를 쫓는 이는 오지 않았다.

이 책을 다시 읽어 보면 알겠지만 파랑 엄마가 손을 잘 써준 거겠지.

실제로 페르기우스 님이나 올스테드 님이 협력했으면 금방 찾아낼 테니까.

올스테드 님이 아버지가 아니라 우리 편을 들어준 것에는 솔직히 놀랐어.

올스테드 님은 아버지에게 많이 약했으니까. 아니, 약했다는 표현은 아닌가. 사이가 좋았지.

처음 한 달 정도는 전전긍긍하면서 보냈던가.

금방 아버지가 올 거라고. 화내면서 우리를 잡아가려고 올 거라고.

하지만 한 달이 지나자 그런 마음도 흐려졌다.

다행스러운 일이었지. 좋아하는 아이샤와 둘이서 생활을 시작하고 처음에는 집을 수리하고 청소하고 부족한 가구를 갖추는 등, 아직 못 본 미래에 대한 기대가 있었다.

생활의 기반이 갖추어진 뒤로는, 아침에 같이 밥을 먹고 낮에는 아이샤가 준비해 준 일에 종사했지.

나는 아직 어렸지만, 검술도 마술도 그럭저럭 할 수 있었으니까 일감은 얼마든지 있었어.

아이샤가 내가 할 만한 일을 골라서 준 거겠지만.

일을 하면서 검술이나 마술 실력을 키웠다. 일하는 틈틈이 몸을 단련하고 검을 휘두르고, 약했던 무영창 마술 연습을 했다. 훈련과 실전의 반복은 내가 경험을 쌓기에 아주 좋았지.

그리고 밤이 되면 사랑을 하고.

자세히 말해 달라고? 아니, 그건 창피하니까 말 못 하지.

이런 영감의 젊었을 때 이야기를 들어서 뭘 하자고. 너희도 말 못 할 이야기라면 있겠지?

뭐… 지금 생각해 봐도 밀월이라는 말에 어울리는 나날이었지. 온화한 나날이었어.

그렇지만 말이야. 그래, 응, 역시나 마음 한구석으로는 '이래도 되나?'라는 생각이 있었어.

하지만 나는 깨닫지 못했다.

나는 둘째 치고, 아이샤도 그렇게 생각하고 있었음을.

뭐, 아이샤는 그런 걸 잘 숨기기도 하지만.

당시의 나는 정말로 바보여서 깨닫지 못했다고 해야 할까.

변명으로 들릴지 모르지만, 역시 마음속 어딘가로는 생각하고 있었겠지.

무슨 일이 생기면 아이샤가 분명 어떻게든 해 줄 거라고 믿고 있었어.

그러니까 그 아이샤가 점점 망가져 가는 것을 깨닫지 못했다.

둔감하다고 웃고 싶어지지?

스스로를 옹호할 생각은 없지만, 너희도 그런 말을 듣기 전까지는 서로의 이변을 알아차리지 못할 거다.

오늘은 몸이 안 좋나? 기분이 안 좋나? 내가 뭔가 잘못했나? 그 정도야.

물론 나는 그걸 알아차려야 했다.

천재인 아이샤라도 모르는 것이나 한계가 있고, 이상과 현실 틈바귀에 끼어서, 혹은 감정과 이성에 휘둘려서, 생각처럼 일이 풀리지 않고 익숙지 않은 환경에 치여서 우울해질 수도 있다는 사실을 알아차려야 했다.

똑똑하고 빈틈없는 아이샤도 완전무결은 아니고, 때로는 실패에 실패를 거듭할 때도 있다는 사실을.

그것은 좀처럼 없는 일일지도 모른다. 그럴 기회는 다른 이들보다 훨씬 적을지도 모르지.

하지만 그럴 때는 온다.

그리고 아이샤는 분명 다른 사람들보다 그것을 받아들이기 힘들 것이다.

어릴 때부터 그렇게 되지 않도록 행동하는 똑똑한 사람이었으니까.

어쩌면, 혹시나 내가 더 똑똑했으면, 더 나이를 먹었으면.

가족회의가 끝난 뒤에 아이샤가 "가출해서 둘이서 살자. 도망치자."라고 제안했을 때 막을 수 있었을지도 모른다.

아이샤 누나, 이번에는 내가 확실히 지킬게. 나도 제대로 이야기할 테니까 다시 아빠랑 이야기해 보자.

그러고도 안 된다면 내가 성인이 될 때까지 기다려 줘. 반드시 데리러 올 테니까. 집을 나갈 필요 따윈 없어. 그런 식으로 말할 수 있었을지도 모르지.

그러면 아이샤가 고생하는 일도 없었을 텐데….

전부 원님 행차 후에 나팔 부는 꼴이지.

자, 일의 발단… 아니, 그런 건 없군.

하지만 계기가 되었던 일을 굳이 말해 보자면, 가출하고 반 년.

아이샤가 임신했을 때였겠지.

우리는 기뻐했어. 아무 생각도 없이 기뻐했어.

아니, 그랬던 것은 나뿐이었을지도 몰라.

아이샤는 분명 그렇지 않았다. 기뻐하긴 했지만, 속으로는 불안했을 거야. 왜 불안했는지까지는 모르겠어. 당시의 나는 어려서 정말로 아무것도 몰랐고, 아이샤도 말해 주지 않았고.

그 뒤로 몇 달이 지나면서 아이샤는 쇠약해졌다.

육체적인 문제가 아냐. 아이샤가 무거운 몸을 함부로 굴릴 리가 없겠지.

정신적인 아픔이었어.

점점 활기가 없어졌지.

나는 그걸 보고 그녀를 기쁘게 해 주려고 밝게 행동하기도 하고 숲에서 몸보신이 될 만한 것을 잡아 오기도 했지만, 전부 헛수고였어.

임신 이외에 특별한 일이 있었던 것도 아냐.

나름 바쁜 나날이긴 했지만, 그것뿐이지.

뭐, 아마도의 이야기지만….

아이샤는 스스로를 너무 몰아붙였던 거라 생각한다.

아이샤는 너무 똑똑하니까. 지금 상황이 효율이 별로라는 것을 스스로도 잘 알고 있었겠지. 이렇게 하면 좋을 텐데, 이러는 편이 좋을 텐데, 그렇게 자기 행동이나 현황에 대해 더 좋은 대답을 찾아갔을 거야.

그리고 아이샤는 말이지, 너희도 알고 있겠지만 생각처럼 움직여 주지 않는 부하에게 이따금 엄할 때가 있잖아?

예전에는 그게 더 현저했어.

그리고 그걸 스스로에게도 적용했던 거겠지.

스스로를 효율적으로 움직일 수 없는, 더 좋은 방법이 있는데도 그걸 취하지 않는 머저리라고 생각했던 것 아닐까.

그리고 감정적이 되어서, 효율적인 행동을 취하지 않는 스스로를 혐오하게 되었다는 느낌일까.

그런 녀석을 지금까지 얕잡아 봤기 때문이겠지. 지금까지의 스스로를 부정하게 되고, 현재의 스스로를 부정하는 것으로 이어지면서 마음 둘 곳이 없어졌다고 생각한다.

그러니까 나는 분명 그녀를 안심시켜야 했을 것이다.

인간은 그런 법이라고. 아이샤도 그래도 된다고.

스스로에게 족쇄를 채울 필요 따윈 없다고. 누구의 족쇄도

차지 않아도 된다고.

예전에 아버지가 아이샤에게 비슷한 말씀을 해 주셨던 것처럼.

아이샤가 감정적으로 있어도 되는 장소가 되어 줘야 했던 거야.

하지만 나는 너무 어려서 말이지, 그러질 못했어.

심한 말을 했다던가 그런 것은 아냐. 나는 당시에 아이샤를 지키겠다고 결심했으니까. 아이샤를 위한 일이라며 여러모로 애썼지.

하지만 전부 엉뚱한 것들뿐이었어.

아이샤도 그렇지.

내게 말이 심해진 것도 아냐. 표면상으로는 평소와 같았다.

하지만 좋아하니까, 사랑하니까, 평소와 다르다는 건 알았지.

그렇게 몇 달이 지났을 무렵, 나도 아이샤도 두 손을 들었다.

나는 어째야 좋을지 알 수 없게 되었어.

나날이 불러오는 배, 그와 함께 기운을 잃어 가는 아이샤.

최종적으로는 허세도 부릴 수 없게 되었다. 계속 웃고 있던 아이샤가, 감정 풍부하던 아이샤가, 무표정하게 끄덕이는 것밖에 못 했어.

뭘 해도 원래대로 돌아오질 않았어. 지키겠다고 말했는데, 아무것도 해 줄 수 없었다.

내 마음은 마왕에게 져서 독 늪을 방황하던, 그 옛날이야기 속의 용사와 같았지.

그저 '체념'이라는 독만큼은 당하지 않으려 필사적이었다.

어떻게든 하고 싶어서. 어떻게 할 수 없어서. 한심하게도. 내 부족함만큼은 느끼면서, 그러면서도 어떻게든 해야 해서….

아니, 희미하게 알고 있던 것도 하나 있었다.

아무리 내가 바보라도 이해한 건 하나 있었다.

말로 할 수 없고, 믿고 싶지도 않았지만, 깨닫고 있었다.

내 존재가 아이샤를 몰아붙이고 있다고.

내가 아이샤를 몰아붙였다고. 지켜 주지 못했다고.

그걸 깨달았으면서도 모르는 척했고, 하지만 그렇다고 계속 눈을 돌릴 수 있을 만큼 비뚤어지지는 않았다.

그러니까 나는… 파랑 엄마에게 연락을 취했다.

도움을 원했는지, 파멸을 원했는지, 그건 지금도 모르겠군.

다만… 지키는 것으로는 이어지지 않을까 생각해서.

7. 작은 수호자

요즘 들어서 '어른'이란 것이 어떤 존재인지 자주 생각한다.

제 몫을 하는 인간이란 게 어떤 것인지 생각한다.

예전에 나는 어른이고 제 몫을 한다고 생각했다. 하지만 사실은 그렇지 않았다. 내가 미숙한 얼간이라는 것을 알고, 그 뒤로 노력해서 성장했다고 생각했지만, 아직도 부족한 면이 너무 많았다.

아이의 성장은 빠르다. 쑥쑥 어른이 되어 간다.

한편 우리의 눈에는 미숙한 면이 보인다.

우리가 보기에 아이들은 그 미숙함을 깨닫지 못한 것 같다.

하지만 과연 그럴까? 깨닫고 있으면서도 옳고 그름을 확실히 하지 않은 것뿐이 아닐까?

그리고 나도 그 미숙함이 정말로 없는 게 좋은 것인지, 그걸 없애는 것을 정말로 성장이라 할 수 있는지, 아직 판단이 서지 않는다.

『루데우스의 서 29권』에서 발췌

★ ★ ★

아이샤와 아르스가 발견된 장소는 미리스 대륙이었다.

미리스 신성국의 끝자락, 강변의 작은 마을이다.

그곳 작은 집에 아이샤와 아르스는 살고 있다는 모양이다.
정보 제공자는 록시였다.
정확하게 말하자면 모험가일까. 미리스에서 활동하는 모험가가 어떤 의뢰로 들른 마을에서 아이샤와 아르스를 발견한 것이다. 모험가 길드에 아이샤와 아르스의 수색 의뢰를 냈기 때문에, 그 정보는 루드 용병단으로 전달. 하지만 루드 용병단으로 넘어온 정보는 아이샤가 미리 손을 써두었기 때문에 묵살되었다.
하지만 그걸로 끝나지 않았다.
내가 제지하는 바람에 록시는 직접 찾으러 가지는 않았지만, 그래도 종종 비밀리에 전이마법진을 써서 각지에서 정보를 모았던 것이다. 역시나 든든한 선생님이라고 할까.
모험가 길드에는 비밀 수호 의무가 있기 때문에, 정보 수집 의뢰는 본래 의뢰자에게만 정보를 건네게 되어 있다. 하지만 미리스의 모험가 길드에는 록시의 오랜 친구가 직원으로 일하고 있었다.
그렇기 때문에 록시는 정보의 내용을, 그리고 정보가 용병단의 손에 묵살되었다는 사실을 알 수 있었다.
록시는 정보를 캐기 위해 마을로 급행.
멀찍이서 아이샤와 아르스의 모습을 직접 확인.
바로 접촉하는 것까지는 일단 삼가고, 록시까지 돌아오지 않아서 안절부절못하기 시작한 내게 보고하러 돌아와 주었다…란 흐름이다.

그리고 나도 그 마을에 찾아갔다.

실피와 록시, 에리스를 데리고.

리랴도 가겠다고 나섰지만, 일단 이번에는 집에 남게 했다.

우선 내가 아이샤와 이야기를 나눠야 한다고 생각했기 때문이다.

그 마을은 조용하지만 아무것도 없는 마을이었다. 나무꾼 길드를 중심으로 돌아가는 마을이라고 했다. 목재 수송의 중계 지점으로, 강 상류에서 흘러내려온 목재를 수령해서 도시로 운반하는 업무와 관련된 상인에게 넘겨주는 일이 중심.

그 밖에는 축산과 농업이 살아가는 데 최소한 정도로 이루어지고 있었다.

숲이 근처에 있긴 하지만 마물의 피해는 별로 많지 않기에 모험가 길드에게 의뢰하는 일도 적다.

상류의 벌채 작업이 끝나면 마을도 자연스럽게 소멸하기 때문에, 이름마저도 없다.

당연히 지도에도 실려 있지 않다. 사람이 산다는 것조차 대부분은 모른다.

그런 마을의 한 귀퉁이에 두 사람은 살고 있었다.

아마도 중고일 듯한 조그만 집. 집 옆에는 작은 물레방아와 조그만 밭과 작은 닭장.

그리고 작은 화단이 있었다.

나는 그 집 앞에 섰다. 바로 안에 들어가서 아이샤와 이야기를 하고 싶었다.

하지만 집에는 들어가지 못했다. 한 명의 작은 문지기가 있었기 때문이다.

아르스다. 그는 의지가 깃든 눈으로 나를 노려보았다.

"……."

강한 눈동자다. 살의마저 담겨 있는 것처럼 보였다.

내 아들에게 이런 시선을 받는 일은 지금까지 없었다.

순간 울음이 터져 나올 것만 같아, 뒤돌아서 돌아가고 싶었다.

물론 그럴 생각은 없지만….

"아르스."

"…아빠."

오랜만에 보는 아르스는 꽤나 어른스럽게 보였다.

복장 때문일까. 모험가 같은 가죽 갑옷에 검. 하지만 전체적으로 꾀죄죄했다.

그리고 집에 있을 땐 없었던 야성미 같은 게 있었다.

녀석과도 이야기를 해야 한다.

"아르스… 너는 이게 옳았다고 생각해?"

하지만 아르스와 이야기해야 한다고 생각한 지 1년.

말하려 했던 내용은 이미 다 흩어지고, 내 입에서 새어 나온

것은 그런 말이었다.

"이거란 게 뭡니까?"

"아이샤와의 관계, 야반도주, 지금 상황…. 후회하지는 않아?"

"각오는… 했습니다."

후회는 하지 않냐고 물었더니 각오란 말이 돌아왔나.

망설임은 전혀 존재하지 않았다. 생각 이상으로 강한 마음을 느꼈다.

그냥 아이샤에게 매달려 있기만 했던 게 아니다. 그렇게 느껴졌다.

"그 모습을 그날 보여 줬으면 했어."

"네, 그래야 했습니다."

"나도 너한테 제대로 물었어야 했어."

"그날에는 대답하지 못했을 거라 생각합니다."

또렷한 대답. 1년 동안 변했다고 말하고 싶은 걸까.

"이대로 아이샤와 함께 살 생각이야?"

그렇게 묻자, 조금 긴 대답이 돌아왔다.

"…나는 아이샤 누나를 좋아합니다. 계속 아이샤 누나의 돌봄과 도움 밑에서 자라왔습니다. 물론 아빠나 엄마에게도 감사하고 있지만, 그래도 아이샤 누나에게는 그 이상 신세를 졌습니다. 그런 아이샤 누나가 나와 함께 있고 싶다고 말한다면, 나는 아이샤 누나를 지키고 살겠다고… 아이샤 누나가 하고 싶은 일을 돕고 싶습니다.”

질문의 의도와는 다른 대답이지만, 그래도 역시나 망설임은 전혀 없었다.

아이샤가 하고 싶은 일을 돕고 싶단 말이지….

아르스도 1년 동안 여러모로 생각했다는 뜻이겠지.

어디까지나 아이샤 주체란 점이 조금 걱정이지만…. 뭐, 그런 관계가 있어도 괜찮겠지.

하지만 이 태도를, 이 말을, 그날 해 주었다면 결말도 다른 것이 되었을 것이다.

뭐, 내가 반대한 이유는 전혀 다른 곳에 있었으니까, 결국은 도망쳤을지도 모르지만…. 적어도 에리스가 아르스를 때리지는 않았겠지.

아니, 1년이란 세월이 아르스가 이런 말을 할 수 있는 기반을 만들어 준 걸지도 모른다.

아이샤와 둘이서, 집에 있을 때보다 힘든 생활 환경이 이롭게 작용한 걸지도 모른다.

하지만 역시나 아직 작게 보인다.

세상을 잘 모르니까 그런 말을 하는 거라고도 생각된다.

현실이 안 보이는 조그만 아이가 자기 힘을 과신해서 큰소리치는 걸로도 보인다.

“할 수 있을 것 같아?”

“할 수 있습니다.”

"네게는 아직 무리라고 생각해."

솔직히 그렇게 말하자, 아르스는 입을 굳게 다물고 나를 노려보았다.

"……."

YES라고도, NO라고도 하지 않는다.

울 것 같이 보이기도 했다. 자신에게는 충분한 힘이 있는데 그걸 몰라준다고 말하고 싶은 걸로도 보였다.

자, 어쩌지. 비켜 주지는 않겠지.

"그 말이 사실인지 내가 시험해 줄게."

그렇게 생각할 때 내 앞으로 나선 것은 에리스였다.

아무래도 그녀도 대화만으로는 안 된다고 생각한 모양이다.

내가 끄덕이자, 그녀는 허리춤의 검을 뽑고 아르스를 향해 자세를 잡았다.

그녀의 온몸에서 솟구치는 살기는 진짜였다. 아르스의 얼굴에서 순식간에 핏기가 가시는 게 보였다. 얼굴만이 아니라 다리도, 온몸도 떨리기 시작했다.

얼굴은 창백해졌지만, 도망치지 않았다.

허리춤에서 검을 뽑고 자세를 잡았다. 에리스를 상대로 당당히.

"지킬 수 있겠어?"

에리스는 오로지 그렇게만 물었다.

"지키겠습니다."

아르스는 다시 한번 그렇게 대답했다. 분명하게.

"……!"

다음 순간 에리스가 움직였다.

엄청난 속도로 아르스에게 치고 들었다.

나로서는 반응할 수 없었을 속도와 타이밍.

하지만 아르스는 반응했다. 에리스의 검을 받아 내긴 했지만, 완전히 받아 내지 못해서 땅에 나뒹굴었다.

아르스는 뒹굴면서도 검을 휘둘러서 에리스의 발목을 노렸다.

에리스의 발목에서 피가 좌악 솟았다. 얕다. 에리스는 그 정도로는 멈추지 않는다. 다친 다리로 내딛어서, 땅을 구르고 있는 아르스를 검으로 찍어 버리려는 듯이 검을 휘둘렀다.

에리스의 발밑에서 살이 베이는 소리가 났다.

칼등으로 치는 소리가 아니었다.

좌악 하고 핏줄기가 솟구치고, 에리스의 발밑에 피가 퍼졌다.

붉은 핏줄기가 내 얼굴에까지 닿았다.

돌이킬 수 없는 소리, 돌이킬 수 없는 광경.

아르스가 영원히 사라져 버렸다.

그 사실에 나는 목 안이 떨리는 것을 느꼈다.

하지만 그렇지 않았다. 다음 순간 에리스의 다리 사이를 빠져나오듯이 뭔가가 튀어나왔다.

아르스다. 그는 어깨에서 피를 흘리면서도 이를 악물고 에리스를 노려보며, 시들지 않은 투지를 퍼붓고 있었다.

“하아아압!”

에리스가 공격했다.

발목에서 흐르는 피 같은 건 상관없다는 듯이.

“하아아아아아!”

아르스도 공격했다.

어깨의 상처는 깊어서 옷을 시뻘겋게 물들이고 있지만, 아픔 따윈 없다는 듯이.

에리스의 공격은 빠르고 무겁다. 그녀가 검을 휘두르고, 아르스가 그걸 받아 낼 때마다 그는 몸이 박살 날 정도의 충격을 받고 크게 비틀거렸다.

때로는 크게 날아가고, 뒹굴고, 자잘하게 다치고, 걷어차이고, 칼자루로 얻어맞고, 순식간에 상처가 늘어 갔다.

하지만 쓰러지지 않았다.

한 끝 차이로, 아슬아슬하게 버티면서 자세를 가다듬고 에리스에게 맞섰다.

몇 번이고, 몇 번이고.

역량은 압도적이고, 아르스는 이미 만신창이다.

첫 교차에서 발목에 일격을 먹인 이후로, 그는 에리스에게 스치지도 못했다.

아르스는 완전히 기세를 빼앗긴 상태였다.

그래도 아르스는 쓰러지지 않았다. 에리스는 마무리를 대충

하는 검사가 아닐 텐데.

쓰러뜨리지 못하는 것은 자기 자식이기 때문일까?

죽이지 않도록 살살 싸우는 걸까?

그런 이유도 없지는 않을 것이다. 하지만 그것만이 아니다.

이미 아르스는 눈을 돌릴 정도로 부상을 입었다. 아르스라면 에리스에게 이길 수 없다는 것을 알겠지.

그래도 아르스는 쓰러지지 않는다. 패배를 인정하지 않는다. 나는 알겠다.

그래야만 하기 때문이다.

지킨다는 말이 거짓말이 아니라고 증명하려는 것이다.

하지만 한계는 온다.

"…윽!"

키잉 하는 소리를 울리며 아르스의 손에서 검이 날아갔다.

검은 빙글빙글 허공에서 회전하다가 내 발치에 떨어졌다.

순간 등골이 서늘해졌다.

날아온 것은 검만이 아니었다.

자루에는 아르스의 손이 붙어 있었다.

그 손은 몸에서 떨어져 나갔어도 검을 굳게 붙잡고 있었다.

"……!"

멈추고 싶은 충동에 사로잡혔다. 이제 됐다고 두 사람을 제지하고 싶은 마음이 솟구쳤다.

하지만 아르스가 체념하지 않는 것은 옆에서 봐도 알 수 있었다.

그는 한쪽 팔을 누르면서도 에리스에게 맞서려고 자세를 낮추고 있었다.

에리스는 그걸 보고 검을 버렸다. 맨손이 되어 아르스와 맞섰다.

"으아아아아!"

아르스가 고함을 지르는 동시에 에리스에게 돌진했다.

이미 작전이고 뭐고 없는, 힘만 믿는 돌진.

반대로 에리스는 냉정했다. 그 얼굴에 카운터로 주먹을 꽂아서 뒤로 쓰러뜨리고, 그 위에 올라탔다.

두 무릎으로 아르스의 팔을 누르고 마운트 위치를 잡았다.

그다음은 나도 잘 아는 광경이었다.

"아아아아아!"

아르스는 저항도 못 한 채로 얻어맞았고, 그래도 포기하지 않고 고함을 질렀다.

에리스는 때렸다. 몇 번이고 주먹을 휘둘렀다.

둔탁한 소리가 몇 번이나 울렸다.

하지만 차츰 그 주먹에서 힘이 빠져나갔다.

그녀도 싫은 것이다. 자식을 이렇게 때리는 건.

"……크!"

갑자기 에리스의 얼굴이 폭발하고 뒤로 날아갔다.

에리스는 재빨리 낙법을 치고 바로 일어섰지만, 앞머리가 그

을리고 얼굴에 화상이 생겼다.

마술이다. 필사적으로 몸부림쳐서, 팔을 누르는 에리스의 무릎에서 벗어나 자유로워진 한 팔로 파이어 볼을 날린 것이다.

아르스가 일어섰다. 얼굴이 마구 부어오르고 잃어버린 팔을 누르고 다리를 바들바들 떨면서도 일어섰다. 근처에 떨어졌던 에리스의 검을 주워서 자세를 잡으려다가 힘이 들어가지 않자, 검은 지면을 향해 추욱 쳐졌다.

검을 질질 끌듯이 들고 몇 번이나 무릎을 꿇으면서도 몸을 억지로 잡아떼듯이 이동했다.

에리스에게 가려는 게 아니다.

도망치는 건가? 아니다. 집 앞으로 이동하는 것이다.

그는 문 앞으로 이동하더니, 무릎을 꿇고 검을 들어 올리려 했지만 역시나 힘이 들어가지 않아서 검 끝이 땅을 후볐다.

더 이상 싸울 수 있는 상태가 아니다.

그런데도 앞머리 사이로 빛나는 눈동자만은 번쩍번쩍 빛나며 에리스를, 그리고 우리를 노려보았다.

"……."

이제 됐다는 말이 튀어나오려는 것을 억지로 삼켰다.

에리스가 하겠다고 말했다. 맡기자. 끝까지 지켜보자.

"그래서 어쩌려고?"

에리스는 자세를 풀고 팔짱을 끼더니 내려다보는 자세로 그렇게 물었다.

아르스는 분한 표정으로 에리스를 올려다보고 이를 갈았다.

"죽어도… 여기는, 못 지나가…!"

"그래…. 역시 루데우스의 아들이네."

에리스는 결연한 표정으로 외쳤다.

"하지만 그래 가지곤 지킬 수 없어!"

"…알고 있어."

"하지만 지금의 너는 지킬 수는 있어도, 끝까지 지킬 수는 없어!"

"…나도 알아!"

"그럼…!"

에리스는 또 울컥했다.

그 표정인 채로 이쪽을 보았다. 입을 일그러뜨리고 팔짱을 낀 채로.

하지만 저건 분명히 난처해하는 얼굴이다. 자기가 하고 싶은 말이 전해지지 않는 느낌에, 뭐라고 해야 좋을지 알 수 없어진 걸지도 모른다.

내가 그렇게 판단한 동시에 록시가 앞으로 나섰다.

그녀는 아르스의 앞까지 걸어가더니, 웅크려 앉아서 눈높이를 맞추고 말했다.

"당신이 해야 했던 일은 목숨과 바꿔서라도 아이샤를 지키는 것입니까?"

"그래… 그래!"

"승산이 없는 상대에게 도전했다가 힘이 다해 죽으면, 남겨진 아이샤는 어떻게 될 거라고 생각합니까?"

"…하지만 그럼 어떻게 하라고!"

"루디는 무릎을 꿇었습니다."

갑작스러운 말에 나는 몸이 굳었다.

"과거에 용신 올스테드 님과 싸우고 마도갑옷도 팔도 잃고 패배하기 직전, 제발 가족만큼은 살려 달라며 머리를 땅에 대고 애원하였고, 그걸 거부당하자 물면서 덤볐습니다. 저 올스테드 님에게."

"…거, 거짓말. 아빠랑 올스테드 님은, 그렇게 사이가 좋은데."

"예전에는 그렇지도 않았습니다."

아르스가 나를 보았다. 나는 아르스를 보며 살짝 끄덕였다.

내가 무릎 꿇고 빌었단 이야기를 아들이 아는 건 조금 창피한데. 하지만 사실이다.

"당신은 어쩌겠습니까? 이대로 에리스와 싸우다가 죽겠습니까? 죽은 뒤의 일은 아무래도 좋습니까? 당신이 죽은 뒤에 아이샤가 어떻게 되어도 정말 상관없습니까?"

"……."

따지는 어조였지만, 그 목소리는 부드러웠다.

아르스는 록시와 나, 그리고 에리스를 차례대로 보더니….

이윽고 아르스의 손에서 검이 떨어졌다.

무릎 위에서 떨어진 검은 땅에 떨어지더니 땡그렁 하는 메마른 소리를 내며 굴러갔다.

동시에 아르스의 눈에서 눈물이 뚝뚝 떨어졌다. 그것은 역부족을 이해했기에 나온 눈물일까.

아니면 또 다른 눈물일까….

그리고 아르스의 몸에서 힘이 쭉 빠졌다. 앞으로 쓰러지는 몸을 록시가 받아 냈다. 힘이 완전히 다한 거겠지.

그의 발밑에는 피가 고여 있었다. 심하게 부은 얼굴로 피웅덩이에 쓰러진 아들을 봐도, 내 마음에 불안은 없었다. 어째서인지 자랑스러운 마음이 있었다.

확실히 아르스는 아직 미숙하다.

아직 약하다. 생각도 유치하다. 싸우다가 죽으면 된다고 생각하는 것도 이상하지는 않다.

분명히 1년 전보다는 어른이 되었다고 생각하지만, 아직 더 배워야 할 것이 많겠지.

하지만 이 세계에서 에리스와 1대 1로 싸워서 저렇게까지 물러나지 않는 녀석이 과연 몇 명 있을까.

팔을 하나 잃고, 에리스에게 깔려서 얻어맞고도, 마음이 꺾이지 않고 계속 싸우려는 이가 몇 명 있을까. 다름 아닌 에리스에게 말이다.

나는 그렇게까지 하는 아르스의 마음이 이해되었다.

아르스는 지금 내가 올스테드에게 도전했을 때와 같은 마음으로 이 자리에 선 거겠지.

끝까지, 죽어서라도, 아이샤를 지키려 했다. 분명히 그 방법이나 행동은 잘못되었을지도 모른다. 역부족이었을지도 모른다.

하지만 마음가짐만 놓고 말하자면 분명 그때의 나와 같다.

그런 생각만 해도 마음속에서 솟구치는 게 있었다.

지금 당장 아르스를 끌어안고 칭찬해 주고 싶었다. 용케 끝까지 싸웠다고 칭찬해 주고 싶었다.

웃기는 소리다. 원래는 야반도주해서 많은 사람에게 폐를 끼친 것 등등, 야단쳐야 할 게 많이 있을 텐데….

아르스는 이미 어린 아이가 아니다.

홀로 서기에는 아직 실수가 많지만, 제대로 성장하고 있다.

그렇게 생각하니 왠지 기쁜 마음이 들었다. 역시 나는 마음이 무른 걸까.

"…실피, 이 자리는 맡겨도 될까?"

"아르스 군에게는 아무 말 안 하게?"

"하고 싶은 말은 록시가 다 했으니까."

아르스는 괜찮겠지.

그가 뭘 하고 싶은지는 들을 수 있었다. 그의 각오도 볼 수 있었다.

그는 결의를 보여 주었다.

남은 건 록시가 한 말이 전부다.

나도 다른 의견은 없다. 아이샤와 아르스의 관계에 대해서는 생리적으로 받아들이기 힘든 느낌이 있지만, 그건 아르스에게 전할 문제가 아니다.

그 밖에도 해야 할 말은 많이 있지만, 나중에 천천히 하기로 하자.

여기에 온 이유는 아르스의 성장을 확인하려는 것만이 아니다.

아이샤와 이야기하러 왔다.

“우선 먼저 아이샤랑 이야기하고 싶어. 단둘이서.”

“…그렇구나. 알았어, 맡겨 줘.”

실피는 내게서 왕급 치유 마술 스크롤을 받고는 아르스의 잘린 팔을 회수하여 세 사람에게 달려갔다.

“아르스, 먼저 아이샤랑 이야기하고 올게. 나중에 보자.”

그렇게 말하자 아르스는 힘없이 끄덕였다.

에리스 쪽을 보니, 그녀도 이쪽을 보고 있었다.

눈짓을 하자 얼른 가라는 듯이 집 쪽을 턱짓했다.

록시 또한 나와 눈이 마주치자 고개를 끄덕였다.

나는 세 사람에게 고갯짓을 하고 집 안으로 들어갔다.

8. 아이샤 그레이랫

아이샤는 타고난 천재였다.

철들 땐 이미 말을 이해했고, 말뿐만 아니라 어머니 리랴의 가르침을 모방하는 것도 간단히 해냈다고 한다.

만사 하나하나에 대해 왜 그것을 해야 하는가, 라는 것도 이른 단계에서 이해했다.

청소, 세탁, 언어, 수학, 역사, 지리, 이과.

정말로 뭐든지 할 수 있었다. 무적의 완벽 초인이었다.

다만 그런 탓에 문제가 있었다. 커다란 약점이 생겼다.

구태여 말로 하자면 못 하는 사람의 마음을 이해하지 못한다는 것이다. 아이샤는 반드시 능력으로 사람을 판단했다. 호불호는 모두 능력으로 정했다.

이유 없이 누군가를 좋아한다는 감각을 몰랐다.

사랑을 몰랐다.

그런 그녀가 이유 없이 누군가를 좋아하게 되었다.

문제 정도는 일어날 법도 하지.

『루데우스의 서 29권』에서 발췌

★ ★ ★

아이샤는 침대에 누워 있었다.

작지만, 조악한 느낌은 없는 침대다.

시트도 모포도 아이샤가 좋아하는 멋스러운 무늬에, 창가에는 인형이나 작은 화분이 놓여 있었다. 그것들 사이로 들어오는 햇살이 머리를 늘어뜨린 아이샤를 비추고 있었다.

아이샤의 모습을 보고 나는 깨달았다.

왜 아이샤와 아르스를 찾을 수 있었는지를.

그녀가 마음만 먹으면 아무에게도 들키지 않을 거라고 모두가 입을 모아서 말했는데. 실제로 1년 동안이나 그림자도 찾을 수 없었는데, 왜 이렇게 갑작스럽게 찾을 수 있었는가.

그 대답을 한눈에 알았다.

침대에 누운 아이샤의 배가 크게 불러 있었기 때문이다.

임신한 것이다. 그리고 임신의 영향으로 지금까지처럼 경쾌하게 움직일 수 없어져서.

결과적으로 지금껏 열심히 친 가림막에 구멍이 뚫려 버린 것일까.

"…아이샤답지 않군."

나는 가만히 중얼거렸다. 빈틈없는 아이샤답지 않은 실수다.

임신하면 지금까지처럼 경쾌하게 움직일 수 없어진다.

아이샤라면 잘 알고 있을 것이다. 내 아내들이 임신했을 때 함께 지내 온 그녀라면 모를 리도 없다. 스스로 체험한 게 아니니까 실감은 없더라도, 아이샤라면 결과를 예측할 수 있었을 것이다.

"나도 그렇게 생각했어. 앞으로 계속 아르스 군이랑 둘이서 행복하게 살 수 있을 거라고, 오빠가 상대라도 들키지 않을 거라고…."

"……."

"하지만, 왠지, 마음대로 안 되더라고…."

아이샤는 고개 숙인 채 손으로 배를 쓰다듬었다.

"아르스 군을 좋아하는걸. 아이가 생길 걸 알면서도 하고 싶어지는걸. 그게 기쁜걸. 난 아르스 군을 사랑하고 싶어."

아이샤의 눈 밑은 시커멨다.

분명 그녀는 많이 고민했겠지. 이론적으로는 이래선 안 된다, 이건 참아야 한다, 그렇게 생각하면서도 몸은 말을 듣지 않고 점점 안 좋은 방향으로 흘러갔다.

감정을 컨트롤할 수 없었다.

"오빠, 이런 게 대체 뭐야?"

"글쎄. 하지만 나도 실피랑 결혼했을 때 그런 느낌이었어."

"그런가…. 그럼 역시 이게 사랑이었나?"

사랑…이라. 나로서는 잘 모르겠다.

다만 누군가를 좋아하게 된다는 건 피할 수 없다. 애초에 본능이니까.

"왜 아무하고도 의논하지 않았어?"

"……."

"반대할 거라 생각해서?"

"…그래. 내가 잘못했으니까. 아무도 내 편을 들어줄 리 없어."

리랴는 크게 반대했지만, 실피는 오히려 응원해 주고 있었다.

록시도 그렇고, 에리스도 아르스의 태도가 마음에 안 들었을 뿐이지 관계 그 자체는 안 된다고 하지 않았다. 제대로 사전에 설명하고 설득했으면 나도 그렇게 고집스럽게 굴지 않았을지도 모른다.

그런 면도 아이샤답지 않지만….

아니, 애초에 나는 아이샤가 모르는 이유가 있어서 반대했지.

그게 아니라면 분명 아무 소리 않고 축복했겠지.

"오빠, 아르스 군은 무사해?"

"…그래, 에리스에게 두들겨 맞았지만."

"그렇지. 아르스 군은 소중한 아들이니까…. 그래도 다행이다…."

아이샤는 안도한 것처럼 숨을 내뱉었다.

"오빠, 앞으로 날 어떻게 할 거야?"

"이제부터 생각해야지."

"적어도 나를 용서하지 않을 거지?"

"그런 건 아냐."

"왜? 오빠의 소중한 아들을 납치해서 아이까지 만들었는데?"

"너만 잘못한 게 아냐. 야반도주까지 하게 만든 건 내게도 잘못이 있었어. 아르스도…."

"아르스 군은 나쁘지 않아. 아직 어리니까. 그렇게 어린 애를 속여서 내 마음대로 조종하려고 한 내가 잘못했어. 오빠도 그건 알잖아?"

"…아르스는 이제 어리지 않아."

미숙하긴 하지만, 자기 의사로는 아무것도 결정할 수 없는 아이가 아니었다.

그 아이는 스스로 결정해서 여기에 있었다. 속았다고는 생각하지 않겠지.

아이샤도 그렇게 생각할 것이다. 분명 아르스를 감싸려는 거다.

"오빠는 이 애를 인정해 주지 않을 거잖아?"

"인정하기 어려운 건 맞지만, 그래도 인정해야지. 생긴 아이는 어쩔 수 없으니까."

"배를 가르고 아기를 꺼내서 죽일 거야?"

"그런 짓을 어떻게 해…."

"할 수 있어. 미리스 귀족은 원치 않는 아이가 생기면, 약으로 재우고 배를 갈라서 아이만 죽이고 치유 마술로 치료한다고 그래. 하지만 치유 마술이 서툴면 두 번 다시 아이를 못 갖게 된대."

"무서운 소리네…. 아니, 아이를 지운다는 개념은 아는구나."

"그렇게 나는 아르스 군과 갈라지고…. 아니, 역시 죽이려나?"

"안 죽여. 왜 아까부터 무서운 소리만 하는 거야? 그만해. 내가 그런 인간으로 보여? 아까 아르스가 소중하다고 했지만, 너도 소중해."

"하지만."

아이샤는 둑이 터진 것처럼 소리쳤다.

"하지만 난 오빠한테 대들었잖아?! 오빠가 올스테드 님에게 대들면서까지 지키려고 했는데 멋대로 납치해서 내 것으로 만들려고 했잖아?! 난 오빠가 모두를 얼마나 소중히 여겼는지 알아! 누가 위해를 끼치려고 하면 절대로 가만 안 두는 걸 알아! 난 1년 전에, 오빠가 화냈을 때 생각했어! 난 오빠의 소중한 것에 손을 댔다고, 박살 내 버렸다고, 이제 적이 되었다고. 그래도 끝까지 도망칠 수 있다고 생각하는 동안은 괜찮았지만, 배가 점점 불러오고, 점점 움직이기 힘들어지고, 용병단도, 정보 조작도 마음대로 안 되고, 무서워져서, 잠이 안 와서, 오빠가 언젠가 온다는 생각만으로도 아무것도 할 수 없고, 오늘도 다리가 굳어서…!"

아이샤의 목소리는 비통했다.

내가 아는 아이샤는 이런 비관적인 말만 하는 타입이 아니었다.

1년 동안 뭔가가 변한 걸까….

아니, 단순한 임신 우울증일지도 모른다. 조금 진정시키자.

"아이샤, 이번 일은 그냥 형제 싸움이야. 뭐, 좀 지나쳤다는 생각도 있지만, 적이라고는 생각하지 않아."

"하지만. 그날, 1년 전에 무서운 얼굴 했잖아. 올스테드 님하고 싸웠을 때나, 록시 언니를 더러운 마족이라고 말한 귀족에게 혼을 내 주었을 때랑, 같은 얼굴."

무심코 내 얼굴을 만져 보았다.

진짜냐.

어, 록시의 험담을 들었을 때라면 진짜로 열받았을 때의 얼굴이잖아.

그런 얼굴을 했어? 아이샤를 상대로…?

하지만 그렇겠군. 그 순간은 이성보다 감정이 앞섰으니까, 그랬을지도 모른다.

그야… 무서웠겠지….

가족이 나한테 죽을 거라고 두려워했다는 건 쇼크지만, 그도 그런가….

"…지, 지금은?"

"노른 언니가 방에 틀어박혔을 때랑 비슷한 얼굴."

"그럼 이제 괜찮지?"

나는 그렇게 말하고 침대 가장자리에 걸터앉았다.

아이샤의 다리가 나와 있기에 만져 보았다.

아이샤는 움찔 몸을 떨었지만, 딱히 거절하진 않았다.

가늘지만 탄탄한 다리다. 1년 동안 얼마나 걸었던 걸까. 조금 피부가 메마른 느낌이다.

그리고 떨고 있었다.

“아이샤, 나는 말이지. 역시 혈연 사이에 관계를 가지는 건 좋지 않다고 생각해.”

“응….”

“하지만 그건 나도 과거에 그런 경험이 있기 때문이야. 게다가 내 경우는 더 더럽고 일방적이고 용서받을 수 없는 느낌이라서, 당연하지만 사람들이 화내고 때리며 실망했어…. 그 경험 때문에 그런 건 생리적으로 안 돼.”

말하고 보니, 역시 이게 제일 정확한 설명인 것 같았다.

그건 어떤 의미로 내가 지금 여기에 있는 발단이기도 하다. 결과적으로 지금 내 현황은 나쁘지 않다.

하지만 그런 안 좋은 일이 발판이 되었다는 사실은 사라지지 않는다.

결국 나는 사죄도 하지 않았다.

하지만 어떻게 전생 이야기를 꺼내야 할까.

이런 심각한 상황에서 ‘사실 난 다른 세계에서 왔어!’ 같은 소리를 한들 믿어 줄까.

의심스러운 표정이나, 무슨 속셈이 있는 거 아니냐고 하지 않을까.

"그건 오빠가 예전에 살던 세계 이야기?"

갑작스러운 말에 아이샤의 다리를 쓰다듬는 손이 멈추었다.

"……말했던가?"

"난 나나호시 언니랑도 자주 이야기하고, 또 올스테드 님이랑 오빠의 행동에서 나온 추측."

"아… 그래."

아이샤라면 그럴 수 있나.

애는 많은 것을 잘 보고 있으니까….

"숨기고 있었던 거야?"

"말하기가 무서워서. 특히나 어머니에게는. 배 아파 낳은 아들이 이상한 아저씨였다면 싫을테고…. 너도 그렇잖아?"

"별로? 올스테드 님도 전생의 기억 같은 게 있고. 신기하긴 하지만, 그런 사람도 있다는 소리를 들은 적이 있어. 게다가 도중에 바뀐 것도 아니잖아. 나한테 처음부터 오빠는 오빠야. 나이가 좀 많아진 정도고 그리 달라지는 것도 없어."

"…그런가. 고마워."

그렇게 생각할 수도 있나.

분명히 올스테드를 포함해서 이 세계에는 전생하는 녀석들이 많다.

나 한 명 정도 더 낀다고 해서 달라지는 것도 없나.

"다들 분명히 희미하게는 느끼고 있을 거야. 실피 언니도,

록시 언니도… 에리스 언니는 잘 모르겠지만."

에리스는 전에 내 전생에 대해 들었을 테니까 알 거다.

에리스의 기억력에 달렸지만, 설마 잊어버리는 일은 없겠지.

그때는 비밀로 한다고 했었다. 분명 그 약속을 지켜 주는 거겠지.

"…그런가?"

"말 안 해? 다들 그게 어쨌다고? 라고 말할걸?"

"나는 이미 루데우스 그레이랫이니까. 너도 배 속의 아이가 사실은 전생의 기억을 가진 아저씨라면 싫을 거 아냐?"

"오빠처럼 우리를 잘 돌봐 준다면 싫지 않아."

"아, 그래…."

그런 건가.

나는 역시 싫을 것 같은데…. 아마 그건 내가 전생의 나를 싫어하기 때문이겠지. 왠지 비슷한 녀석이 온다고 생각하게 된다. 그리고 과거의 내가 그랬던 것처럼 이 세계를 게임 감각으로 살아가려는 것에 혐오감을 느낀다.

아이샤가 몸을 일으켰다.

꾸물꾸물 몸을 움직여서 내 옆에 앉았다.

"이야기, 자세히 들려줄 수 있어?"

"그래."

그 말에 나는 일어서서 근처에 있던 의자를 가져와 아이샤의 앞에 놓았다.

마주 보도록 앉으니 아이샤의 커다란 배가 눈에 들어왔다.

산달이 가까운 모양이다.

"전생의 나는 쓰레기였어. 어렸을 땐 그냥 평범했는데, 중학생 때부터…."

나는 전생의 나에 대해 이야기했다.

내가 어떤 인간이고 어떤 경위로 이쪽 세계에 넘어왔는가.

마음속 응어리는 무엇이고, 용서하기 어려운 건 무엇인가.

말할 만한 내용은 그리 많지 않았다.

내 전생은 34년이나 산 것치고는 그리 내용이 풍부하지 않았다.

기억도 점점 흐려지고 있고, 자세한 내용은 잊어버렸다.

대신 이번 생에서의 일을 말했다. 파울로가 날 얼마나 도와주었는가. 노른과 어떤 마음으로 지냈는가. 제니스나 리랴를 어떤 식으로 여겼는가.

그리고 아이샤도 여동생으로, 가족으로 여겨 왔다고.

아이샤는 그걸 묵묵히 듣고 있었다. 때때로 맞장구를 치면서, 묵묵히, 천천히.

"그렇게 해서 나는 지금 전생의 쓰레기 시절과는 비교도 안 되게 행복한 일상을 손에 넣고, 그걸 소중히 아끼고 싶은 마음이야."

마지막에는 그렇게 끝을 맺었다.

"역시 대단해, 오빠는."

"그런가?"
"혹시 내가 지금 여기서 오빠 손에 죽고 전생해도 그렇게는 노력 못 해."
"…안 죽인다니까."
"나라면 분명 가족 같은 건 못 만들어."
"그래?"
"응. 나는 아르스 군을 사랑하지만, 그래도 분명 이대로 여기서 살아도 아르스 군과는 가족이 될 수 없을 테니까."
그게 대체 무슨 의미일까.
아르스는 아이샤를 사랑했다. 필사적으로 지키려고 했다. 하지만 아이샤는 다르다는 소리일까.
"…난 아르스 군이 태어났을 때, 막 가슴이 뛰었어. 하지만 그때는 딱히 사랑이나 그런 감정이 아니었을 거야."
그리고 아이샤는 지금까지의 일을 말하기 시작했다.
아르스가 태어난 순간부터 정말로 특별하게 여겼던 모양이다. 아이샤는 루시와 라라, 두 딸의 출산을 도왔다. 생명의 탄생에 함께해서 아이샤도 감동했다.
와아, 대단하네 정도지만, 분명히 감동했다.
하지만 아르스가 태어났을 땐 좀 달랐다는 모양이다.
아르스를 안았을 때, 아이샤는 루시나 라라 때 느끼지 않았던 뭔가를 느꼈다.
갓 태어난 아르스가 큰 소리로 우는 것을 듣고, 가슴속에서 지금까지 없는 감정이 싹텄다.

말로는 설명할 수 없는, 뭔가 애절하면서 답답한 느낌의 감정이다.

그 감정은 출산이 무사히 끝난 에리스가 한숨 돌려서 잠들고, 아르스도 동시에 잠이 들고, 밤이 되어서 아이샤가 자기 침대에 들어가도 계속되었다.

이상하게 눈이 떠지고 잠을 못 이루는 밤이었다.

아이샤는 침대에 누워서 두 손을 위로 들고는 아르스를 안아 들었을 때의 감촉을 떠올렸다.

손에 남은 감촉은 루시나 라라와 비슷했지만, 완전히 똑같지는 않다. 남자였기 때문일까.

모르겠다.

하지만 아이샤는 그때 아주 마음 편한 기분이었다는 모양이다.

얼른 내일이 되어서 울고불고 하는 아르스를 돌보고 싶다고 생각했다.

아이샤에게 아르스는 뭔가 특별했다. 뭐가 어떻게 특별한지는 몰랐지만….

아무튼 그날부터 아이샤는 조금 변했다.

그때까지의 생활은 메이드로서의 일, 좋아하는 것, 오빠의 부탁, 용병단의 고문, 이 네 가지로 구성되어 있었지만, 그 모든 것을 조금씩 소홀히 하게 되었다.

그러면서 뭘 했냐 하면 아르스를 돌봤다.

그것은 어떤 의미로 메이드로서의 일의 일환이라고 할 수 있을지도 모른다.

하지만 아이샤에게는 다른 것이었다.

그럼 좋아하는 것인가? 그렇다고 하기에는 그것도 조금 다르다.

그냥 아르스를 보고 싶었다. 가능하면 이야기를 하고 싶었다. 얼른 크지 않을까 기대하면서.

아이샤에게 처음으로 능력과 관계없이 특별하다고 생각한 순간이었다.

그 뒤로 10년 가깝게, 아르스와 함께 있는 것을 즐기면서 매일을 보냈다.

그런 가운데 어느 날 갑자기 아르스에게 고백을 받았다.

그 자리는 태연하게 넘겼지만, 아이샤에게는 그냥 넘길 만한 일이 아니었다.

계속 가슴이 고동쳐서, 두근거려서, 이상해질 것만 같았다.

그리고 실제로 아이샤는 이상해졌다. 스스로를 제어할 수 없는 나날이 시작되었다.

스스로도 안 된다고 생각하면서도 맺어진 나날이다.

컨트롤 같은 건 도저히 불가능했다.

욕망이 이성을 가볍게 앞질러서 승리했다. 어쩔 수 없다고 생각하면서 상대해 주었다.

계획성은 없고, 그때그때의 대처만이 이어졌다.

그리고 나에게 들켰다.

처음에는 연습이란 말로 넘길 생각이었다.

연습. 이 마음은 어디까지나 연습. 아르스도 자신도 진심이 아니다. 그냥 한때의 혼란.

그런 것으로 하는 것이 가장 상처가 덜 남는다.

하지만 실피가 간파했다. 자기 마음이 밝혀지고 꼴사납게 사랑을 소리쳤다.

그래도 아이샤는 아직 느슨하게 생각하고 있었다. 루데우스는 화내겠지만, 이러니저러니 하면서도 용서해 준다. 어쩌면 아르스와의 관계도 허락해 줄지 모른다.

그런 식으로 생각하고 있었다.

실제로 실피도 그런 분위기를 만들어 주었다.

하지만 실제로 직면하고 보니 전혀 달랐다. 루데우스는 두 사람의 관계를 인정하지 않았다.

아이샤가 지금까지 본 적 없을 정도로 완고한 태도로 두 사람을 갈라 놓으려고 했다.

그것은 아이샤가 한 번도 본 적 없는 루데우스였다.

융통성 없고, 논리성도 없고, 그저 강한 시선과 강한 어조로 밀어붙이며 안 된다고 했다.

이런 식으로 말이 안 통하는 오빠는 태어나서 처음 봤다.

하지만 그 얼굴은 본 적이 있었다.

잊을 수도 없다. 올스테드와 싸우기 전, 마도갑옷을 만들면서 계속 험악한 얼굴을 했을 때의 모습이었다.

아이샤는 그 얼굴에 공포를 느꼈다.

지금 이 순간 나는 루데우스의 적이 된 걸지도 모른다고 직감했다.

그래. 나는 지금 루데우스가 시간을 들여 천천히 쌓아올린 것을 망가뜨리려 하고 있다.

그렇게 생각하고 그 자리에서는 그저 루데우스의 말에 고개를 끄덕였다.

마음에 응어리가 남았다.

가족회의에서 반대당하고, 대화의 여지가 묵살되고, 루데우스의 말에 체념했나 싶었지만, 그래도 아르스를 너무 좋아하고…. 어째야 할지 모를 때 아르스가 위로하며 야반도주를 제안했다.

그리고 집을 나가 여기서 살기 시작하고 임신하고 나날을 보내는 가운데, 잘못했다고 몇 번이나 생각했다.

이런 방법으로는 행복해질 수 없다.

모두가 불행해질 뿐이다. 하지만 그만큼 격노한 루데우스가 허락해 줄 리도 없으니까 돌아갈 수도 없다. 실패했다고 알면서도 그 길을 계속 가는 자신에게 실망도 하고.

나아갈 수도, 되돌아갈 수도 없어져서.

불안과 초조감으로 짓눌릴 것만 같고….

그렇게 지금에 이르렀다고.

들어 보기로는 더없이 달달한 첫사랑 이야기라서 듣고 있는 내가 창피해지는 기분이었지만, 아이샤의 어조는 담담하게 이어졌다.

이미 뭔가를 포기했다고 말하듯이.

"…두 가지만 물어봐도 돼?"

"응."

"인신은 접촉해 오지 않았어?"

이야기를 듣고 있으니 문득 그런 가능성도 있다고 깨달았다.

임신 중에는 운명이 약하다고 하니까, 인신도 손을 쓰기 쉬운 모양이고. 내게서 도망친 것은 인신이 조언했기 때문….

그렇다면 나로서도 마음은 편하다. 녀석 때문이다, 자, 돌아가자, 그런 식으로 말하면 된다.

"아니, 없었어. 내 의사였어."

"그래…."

뭐, 그렇겠지.

지금까지 인신의 조언에는 따르지 말라고 숱하게 말해 왔으니까.

물론 그래 봤자 야반도주했을 때의 아이샤의 심정에는 분명 이길 수 없겠지만.

"또 하나는?"

"피임은 안 했어?"

"오빠가 만든 그거, 구입 루트가 한정되어 있어서 사려고 하면 꼬리가 밟혀."

"아, 그렇군."

우리 집에서야 얼마든지 있지만, 평범하게 쓰려면 입수 난이도가 제법 되는 물건이다.

"하나만 더 물어봐도 될까?"

"두 개라고 했으면서… 아니, 해."

"너, 행복해지고 싶었어?"

그렇게 묻자, 아이샤는 시선을 내렸다. 입을 굳게 다물고 얼굴에 힘이 들어갔다.

그리고 입을 열었다.

"응."

그래. 행복해지고 싶었나.

아이샤라면 이래선 행복해질 수 없다는 걸 알았을 텐데.

아니, 뭘 하면 행복해질 수 있을지 모르니까 도망친 걸지도 모른다.

"내게 들키지 않았으면 행복해질 수 있었을까?"

"……."

아이샤는 힘없이 고개를 내저었다.

"아르스 군은 나를 위해서 많이 노력했지만, 이대로 있다간 분명 내 인형처럼 될 거고, 나도 분명 하나도 변하지 않아…. 이래선 분명… 안 돼."

"그런가."

뭐, 그렇지 않다면 아이샤도 이런 식으로 체념하지 않겠지.

무거운 몸이라도 아르스와 함께 숨거나 도망치려고 했을 것이다. 내게 쉽사리 들킬 만한 짓은 하지 않았겠지.

"어흠."

나는 헛기침을 하고 아이샤를 보았다.

"…슬슬 본론으로 들어갈까."

그렇게 말하자, 아이샤도 내렸던 시선을 들어서 나를 보았다.

눈가가 시커멓긴 하지만, 강한 시선이다. 방금 전까지의 죽어 가는 눈빛과는 다르다.

각오를 한 눈.

"내 바람은 두 가지. 아르스 군을 용서해 줘. 그리고 이 아이를 아르스 군의 아이로 낳는 것을 허락해 줘."

이 아이라고 말하면서 쓰다듬은 것은 아이샤의 배.

이미 산달이 가까운 크기. 낳을 생각이겠지.

"……."

"나는… 나는… 그냥 처분해 줘. 나는 오빠에게 가족이란 말을 들어서 기쁘지만, 그래도 이번 일은 분명 용서해선 안 될 테니까."

"처분이라…."

나는 앞으로 기울이던 몸을 뒤로 젖혔다. 의자의 등받이에 체중을 실어서 천장을 보았다.

말을 좀 정리하자.

금방 정리되었다.

1년. 시간을 넉넉히 들여서 생각해 온 덕분이겠지.

"내 전생을 생각하면 솔직히 너와 아르스 사이를 인정하기 어려워."

"응."

"전생을 별개로 치더라도, 신뢰했던 네게 배신당했다는 기분이 드는 것도 있겠지."

"응."

"하지만 나는 너희를 인정할까 해."

"…뭐?"

"아직 저항감도 있지만, 그 저항감도 나 자신의 트라우마 때문이란 건 알아. 즉, 감정적인 것이야. 감정적인 것은 일단 치워두자고."

"아니, 그래선 안 돼. 나를 용서하면 안 돼…. 감정적인 게 아니라… 어어, 나를 용서하면 그레이랫 가문의 체면이 깎인다고. 이미 그레이랫 가문에는 위광이 있어서, 그 위광이 많은 것을 지키고 있으니까."

"위광이라…. 별로 실감이 없는데…."

"오빠 생각만 하면 안 돼. 루시와 라라, 지크 군, 리리랑 크리스… 다들 안 좋은 경험을 하게 된다고. 위험이 닥칠지도 몰라…. 그러니까 나는 처분하는 편이 좋아. 누가 물어도 그렇게 대답할 거야."

"알았어. 하지만 처분이란 말은 내 마음에 안 들어…. 벌, 그래, 어떤 벌은 생각하지. 다만… 너무 무겁게 해선 안 된다고 생각해."

몸을 다시 앞으로 기울여서 아이샤를 보았다.

아이샤는 눈을 크게 뜨고 나를 보았다.

"아이샤. 너는 이번에 잘못을 저질렀어. 야반도주 같은 건 최악의 수단이야. 하지만 넌 아까 말했지. 달리 방법이 없었다고. 너는 처음일지도 모르지만, 나 같은 평범한 인간에게 그런 일은 흔히 있어. 머리로는 생각해도 몸이 그대로 움직이지 않아. 어떻게 해야 하는지 알고 있는데 잘 풀리질 않아. 그 결과 잘못된 방법을 택하게 되지."

그리고 나는 아이샤의 얼굴을 들여다보며 말을 이었다.

"혹시 네가 데려간 게 다른 집 아이였다든가, 아르스가 완전히 빈 껍질 같은 꼴이 되었으면, 나도 너를 어떻게 했을지 몰라. 하지만 아르스는 건강했고, 조금 삐딱하긴 해도 성장도 했어. 더 말하자면 아르스는 우리 집 아이야. 너도 우리 집 아이야. 우리 집 아이들끼리 맺어지는 건 나로서는 생리적으로 싫지만. 양쪽 다 우리 집 아이인 이상, 가족끼리의 문제야."

줄줄줄 읊어 나갔다.

감정적인 것은 치워 두라고 말했지만, 결국 이것도 감정적이 아닐까.

그런 생각을 슬쩍하면서 결론을 내렸다.

"그냥 가족이 실수했을 뿐이란 소리야."

그렇게 말하자 아이샤는 입술을 깨물고 침묵했다.

그 눈에는 눈물이 맺히기 시작했다.

하지만 아이샤는 그걸 바로 닦았다.

"뭐가 잘못이었을까…?"

"글쎄…."

아이샤도 스스로 알고 있겠지.

재확인과 조정의 의미도 담아서 일부러 이렇게 묻는 거겠지.

이성적으로 생각하자.

오늘은 차분하게, 냉정하게 이야기하자.

노른이라면 아무 소리 않고 옆에 있어 주는 편이 좋겠지만, 아이샤는 분명 이야기하는 편이 좋을 것이다.

"일단 아르스 말인데, 너와 맺어지기에는 아직 미숙하다고 생각해. 스스로 생각하고 뭔가를 결정할 만한 판단력이 부족하지 않았을까?"

"……."

"물론 1년 동안 조금은 성장했어. 너는 아르스가 변하지 않았다고 말했지만, 그렇지 않아. 1년 동안 분명히 성장했다고 생각해. 물론 아직 미숙한 부분은 많겠지만, 그런 건 다들 똑같아. 미숙한 부분이 없는 녀석은 없어. 너도 이번 일로 자기가 미숙하다고 배웠지? 다들 이렇게 실패하면서 배워가는 거야."

적어도 아르스는 아이샤를 끝까지 지키지 못했다.

지키자, 지키자, 그런 기개는 있지만, 마음만 앞서갔다.

분명히 육체적으로 강해지고 각오도 생겼겠지.

하지만 내가 보기에 아이샤는 우울증이 심한 상태다.

정신적인 면을 전혀 지켜 주지 못했다는 소리다.

…아니, 그렇게 말하면 내가 아내의 정신적인 면을 지켜 주었는지 의문이 남는데.

그건 넘어가고. 역시나 이것저것 부족하지 않았나 싶다.

"뭐가 잘못이었냐를 따지기보다도 시기 문제야. 너무 일렀어. 학교를 졸업하고 성인이 되고 일을 시작하고 경험을 쌓고, 너랑 비슷한 정도…까지는 아니더라도 혼자서 이것저것 판단할 수 있게 된 뒤에 너와 결혼해야 했어. 어렸을 때부터 너와 함께 있으면 아무래도 네게 너무 의존하게 되니까."

"결혼이라니…. 아르스 군은 장남이잖아? 집안을 잇는 거 아냐?"

"우리 그레이랫 가문에 그런 규율은 없어. 에리스는 곧잘 그런 말을 하지만, 그렇게까지 꼭 얽매일 필요는 없어. 루시가 차기 당주라도 괜찮고. 아니, 아르스가 잇는다고 해도 네가 마님이 되면 안 되는 것도 아니잖아."

"안 되지. 난 메이드잖아?"

"메이드라서 안 된다면 해고할게. 퇴사 축하해."

"하하, 무슨 소리야."

아이샤가 웃었다. 조금이지만, 간신히 웃었다.

안도했다. 오랜만에 들은 아이샤의 웃음소리에 마음이 놓였다.

"다음은 아이샤, 네 이야기야."

"…응."

"우선 너는 의논을 하지 않았어. 손을 대기 전에, 도망치기 전에, 누군가와 의논하고 도움을 청했으면 내가 반대했을 때 편을 들어줄 수도 있었을 거야. 나도 마음의 준비를 할 수 있었고."

"그래. 왜 안 했을까…. 오빠는 반대하지 않을지도 모른다고 생각했을지도."

내가 전생의 기억이 있다고 희미하게 느끼고 있었다고는 해도, 그 내용까지는 모른다.

그걸 모르는 아이샤가 그렇게 생각하는 것도 이상하지 않나.

내가 반대하지 않는다면, 반대하는 건 리랴뿐이니까.

"리랴 씨에게는 미리 말을 해 두든가 해야 했어."

"응, 그래. 하지만 엄마는 오빠가 반대하지 않았으면 분명 허락해 줬을 테니까."

그럴지도 모른다.

하지만 아이샤에게는 친어머니니까, 자신이 아르스에 대해 어떤 감정을 품고 있는지, 그리고 그걸 응원해 달라는 마음은 전해야했다고 생각한다.

그리고 가족회의에서 리랴가 편을 들어주었다면, 나도 그렇게까지 세게 나갈 수 없었을지 모른다.

나는 이렇게 보여도 리랴에게 약하다.

계속 내 친어머니를 돌봐 주고 있고.

"많은 이들에게 폐를 끼쳤어."

"…다들 화냈어?"

"다들 걱정했어."

"…어떻게 하는 게 좋을까."

"뭐, 우선은 반성부터 해야지. 그리고 사과하자. 특히나 리랴 씨에게는 제대로 사과해야 해."

"…응."

리랴. 우리 집의 살림꾼인 할머니는 마음에 깊은 상처가 생겼다.

뭘 어떻게 이야기하든지 도망칠 수는 없다.

하지만 나도 함께 잘 이야기하면 분명 이해해 줄 것이다.

"다음은, 그래…. 나도 잘못이 있어."

"오빠는 잘못한 거 없어."

"나는 너한테 계속 자유롭게 살라고 했으면서, 막상 그때는 고집스럽게 내 뜻만 밀어붙였어. 역시 그건 좋지 않았어. 결론을 내기 전에 내 마음을 정리해야 했어."

"그 흐름에선 어쩔 수 없어. 내가 비겁했으니까."

뭐, 이건 일단 내가 조심하면 될 일이다. 반성, 반성.

"우선은 이 정도일까? 또 뭐 있지?"

"…오빠는 자기 자식하고 더 이야기하는 편이 좋아."

"어? 아… 그래. 응…. 무슨 이야기를 하면 좋을지 모르겠지만, 기회를 더 만들게."

이번 일을 보자면, 아르스와는 분명히 더 이야기를 해야 했다.

아르스에게서 더 신뢰를 얻었으면, 이런 일은 일어나지 않았을지도 모른다.

아르스만이 아니지. 다른 애들과도 많이 이야기하자.

아이들을 더 많이 알아야 한다는 마음이다.

"그리고 더 있나?"

"……."

"없으면 일단 집으로 돌아오지 않겠어?"

"……."

"너와 아르스의 처우는 나중에 다 같이 결정하자."

아이샤는 조금 고민하는 얼굴을 했다. 아직 뭔가 응어리가 있는 걸까.

하지만 그건 말하지 않고 천천히 끄덕였다.

"…응, 알겠어."

"그럼 다들 불러올게."

일어섰다.

이제는 집에 돌아가서 리랴를 설득하면 예전처럼….

그렇게 되지는 않는다. 예전처럼은 아니다. 역시 크게 변하였다.

가족도 한 명 늘고. 응, 그 자체는 경사스러운 일이니까 괜찮나.

변해 버린 것은 어쩔 수 없다. 일어난 일로 받아들이고 다음 걸음을 내딛자.

"오빠."

"응?"

이것저것 생각하는데 아이샤가 그렇게 말했다.

돌아보니, 아이샤는 뭔가 후련한 얼굴로 울고 있었다.

"미안해."

"응."

"미안해…. 내가 바보였어…. 미안해."

"……."

나는 펑펑 우는 아이샤에게 돌아가서 머리를 쓰다듬었다.

아이샤는 계속 울었다. 다른 이들이 걱정하며 집 안을 엿보러 왔을 때도 계속 울었다.

우수하니까 깨닫지 못했지만, 어쩌면 내 막내 동생은 그 위의 동생보다 훨씬 애였을지도 모른다.

이렇게 아이샤와 아르스의 야반도주는 끝을 맺었다.

9. 아이샤가 메이드를 그만두는 날

두 사람을 데리고 집에 돌아왔다.

아이샤의 커다란 배를 보고 일단 리랴가 졸도했다.

기절은 하지 않았지만, 꽈당 소리 나게 주저앉은 뒤에 바로 일어서서 부엌으로 직행. 식칼을 들고 나오는 것을 보고 다급히 제지했다.

"놔주세요. 이제 이러는 것 말고는 사죄할 길이 없습니다…!"

그렇게 외치는 리랴에게서 식칼을 빼앗아 들고, 아이샤가 거기서 무슨 일을 겪었는지, 무슨 이야기를 했는지를 설명하고 납득했다고 전했다.

그러자 리랴는 완전히 지친 얼굴을 하면서도 일단 진정했다.

하지만 곧바로 쓰러져 버렸다.

리랴가 이렇게 약한 여성이었나 싶을 정도로, 새파란 얼굴을 하고 있었다.

요 1년 동안 마음고생으로 쓰러질 지경이었으니까 어쩔 수 없겠지.

나는 쓰러진 리랴를 간병하면서 그녀와 천천히 이야기를 나눴다.

가족끼리의 결혼에는 확실히 나도 완전히 찬성할 수 없다는 것.

하지만 아르스도 아이샤도 다소 일그러지긴 했지만 진심이라는 것.

아르스는 1년 동안 각오를 다졌고, 아이샤 또한 성장했다는 것.

나는 최대한 사람은 자유롭게 살아야 한다고 생각한다는 것.

그런 것을 조용히 듣기만 하는 리랴 앞에서 천천히 이야기했다.

“저는 부정한 여자입니다. 파울로 님을 유혹하고, 제니스 님을 노하게 하고 슬프게 했습니다.”

“그런 제 딸이니까, 저 애는 아르스 님에게 손을 대었다고 생각하고 있습니다.”

“요 1년 동안 그 애를 낳지 말걸 그랬다고 몇 번이나 생각했습니다.”

“물론 아이샤에게 말할 생각은 없습니다. 이미 제니스 님에게 말했다가 꾸지람을 들었기에.”

리랴의 방에는 의자에 앉은 제니스가 있었다.

여전히 어디를 보는지 알 수 없는 멍한 표정.

하지만 이런 상태가 되어서도 제니스는 우리 이야기를 듣고 행동을 보고 있다.

낳지 말걸 그랬다고 말했다간 주먹으로 때리고 들겠지.

나도 화낼 거다.

그날 파울로와 제니스와 나와 리랴, 넷이서 나누었던 이야기의 의미가 없어진다.

노른과 아이샤가 태어난 날의 기쁨이 없어진다.

“손을 대었을 뿐이라면 몰라도, 아이샤의 커진 배를 보고 돌이킬 수 없는 지경까지 갔다고 생각했습니다.”

“…결국 그 아이는 제 딸이었습니다. 지켜야 할 주인을 유혹하고, 몸으로 자기가 있을 곳을 만들려고 하는, 천박한 음마 같은 피가 흐르고 있습니다.”

“아르스 님이 자기를 좋아하도록 조작하지 않더라도… 아이샤가 아르스 님의 마음에 영향을 준 것은 확실합니다.”

나는 거기에 아니라고 대답했다.

천박하지 않다. 주종 관계였던 것은 우연이다. 우연히 우리가 그런 관계였을 뿐이다. 누군가를 좋아하게 되면 돌아봐 주도록 노력을 한다. 그러면 상대 쪽도 어떤 영향을 받는다.

당연한 일이다.

아이샤와 아르스는 너무 가깝고, 그저 나이가 많이 차이날 뿐. 아르스는 분명히 어렸을지도 모르지만, 아이샤도 나이를 먹었을 뿐이지 어렸다…. 그렇게 설득했다.

“루데우스 님, 저는 대체, 어떻게 해야 좋을까요?”

“잘 생각하고, 아이샤와 이야기를 나누고, 납득했습니다. 리랴 씨도 아이샤랑 아르스와 셋이서 차분하게 이야기를 나눠 봐야 합니다.”

"……."

"그러면 이해될 겁니다."

어리다고 해도 아르스가 제대로 의지를 가지고 행동했다는 것을.

아이샤가 아이샤 나름대로 아르스를 좋아하고 사랑한다는 것을.

아르스는 아이샤의 유도에 그녀를 좋아하게 되었을지도 모르지만, 결코 속은 게 아니라는 것을.

"알겠습니다."

그럼 지금 당장 두 사람을 데려올까. 아니면 조금 더 시간을 둘까.

"지금이라도 괜찮습니다."

나는 그 말에 고개를 끄덕이고 방을 나섰다.

거실로 돌아가서 다른 애들에게 이런저런 질문을 받으면서도 얌전하게 있는 아이샤와 아르스를 불렀다.

"네."

"말씀하세요."

나는 리랴의 상태를 말하고 그녀의 뜻을 전했다.

아이샤가 이렇게 된 것은 자기 탓이라고 생각한다는 것.

아르스는 분명 아이샤에게 속은 거라고 생각한다는 것.

이런 결과가 되어서 크게 마음이 상했다는 것.

마지막으로 둘이서 리랴 씨와 이야기를 해 보라고 말하자,

두 사람은 고개를 끄덕이고 일어섰다.

거실을 나가는 두 사람을 나는 갑자기 불러 세웠다.

"저기."

말해야 할 게 있었다.

일단 아르스에게 세 가지.

지금부터 만나는 리랴가 할머니가 아니라 자신의 소중한 사람의 어머니라고 생각할 것.

너는 그 소중한 사람을 모든 것에게서 지키지 못해서 이런 궁지에 서게 되었다는 것.

그리고 너는 그 어머니에게서 소중한 딸을 받아 간다는 것.

그리고 또 세 가지.

지금 아르스에게 필요한 것은 앎이라는 사실.

네가 얼마나 주위에게 걱정을 끼쳤는가. 네 행동의 어디가 잘못되었는가. 또 아이샤의 행동은 어디가 잘못되었는가. 아이샤의 약한 부분은 어디였는가.

그리고 생각해야 한다는 것.

이번에 아이샤를 지키기 위해 어떻게 해야 했을까. 앞으로 뭘 배워야 하는가. 그걸 위해선 일단 리랴의 마음을 알아야만 한다. 아이샤를 누구보다도 걱정하고 지켜봐 온 그 어머니의 본심을.

그러고서 납득시켜야 한다는 것.

아이샤와 맺어지고 싶다면 우선 리랴를.

"네! 알겠습니다!"

아르스는 에리스와 똑같은 표정으로 끄덕였다. 조금 불안하지만, 노력해 주겠지.

아이샤에게는 이번에 나랑 이야기한 내용이나 야반도주에 이른 마음의 경위를 솔직히 말하라고 전했다. 평소처럼 이러면 입을 다물겠지, 거짓말이라도 이렇게 말해 두면 납득하겠지, 이 자리는 모면할 수 있겠지, 그런 생각은 하지 말고 리랴가 화를 내든 고함을 지르든 그것도 받아들이면서 이야기를 하라고.

속을 터놓고 말한다는 것은 그런 것이라고.

"알겠습니다."

아이샤는 아르스와 마찬가지로 진지한 얼굴로 끄덕였다.

나는 힘내라고 말하고 두 사람의 뒷모습을 지켜보았다.

그 뒤에 아이샤와 아르스, 리랴가 어떤 이야기를 나누었는지 나는 모른다.

대화는 길어서 대여섯 시간, 어쩌면 그 이상 걸렸다.

도중에 몇 번이나 리랴의 고함이 들려왔다. 딱 한 번 아이샤가 소리치는 것도 들렸다.

하지만 그런 고함은 시간이 경과함에 따라 잦아들고, 이윽고 완전히 끊어졌다.

그리고 대화가 끝났다.

내려왔을 때 리랴는 완전히 지친 모습이었지만, 생각 이상으로 후련한 표정이었다. 응어리가 완전히 없어진 것은 아니겠지만, 분명 그녀도 나름 납득하는 마음이 생기기 시작한 거겠지.

그 뒤로 아이샤와 아르스는 가족에게 사죄를 했다.

걱정 끼쳐서 미안합니다. 폐를 끼쳐서 미안합니다. 배신해서 미안합니다.

그렇게 말하며 머리를 숙였다.

일단 그 문제에 대해 우리 가족 중에서 규탄하는 사람은 없었다.

루시가 아르스를 노려보고, 노른이 아이샤를 꾸짖었지만, 그 정도다.

오히려 안도한 분위기가 흘렀다고 생각한다.

그 뒤로 아이샤와 아르스의 처우에 대해 이야기했다.

이것은 조금 복잡한 문제가 되었다.

우선 아이샤는 의절이라는 형태가 되었다. 일단은 그레이랫 가문의 명부에서 말소한다.

이것은 아이샤 자신의 제안이었다.

배신자에게는 벌을 내린다. 이것은 어느 세계에서든지 필요한 일이다. 그레이랫 가문의 위엄을 지키기 위해서, 주위에게 얕보이지 않기 위해서 필요한 일이라는 모양이다.

그렇다고는 해도 나는 아이샤에게 그렇게 심한 벌을 내릴 생각은 없었다.

의절이란 것은 어디까지나 대외적인 것이다.

그레이랫 가문은 이렇게 아이샤에게 벌을 내렸습니다, 라고 세상에 알리지 않으면 위광이 흐려지니까 어쩔 수 없이 그렇게 한다.

그렇다고는 해도 별로 의미가 없는 일이겠지.

아이샤는 몇 년 후에 아르스와 결혼해서 그레이랫 가문에 돌아올 예정이니까.

아이샤는 아이를 낳은 뒤에 그레이랫이란 성을 버리고 추방당하는 형태가 된다.

추방이라고 해도, 아슬라 왕국에 가서 왕립학교에 다니게 된다.

그녀도 이번 일로 자기가 미숙하다고 깨달은 것이다.

학교에 다니면 완벽한 인간이 될 수 있다…는 것도 아니겠지만, 다시 배우고 싶은 게 있는 모양이다.

인간의 실패에 대해서는 관용적이 되고 싶다고 그녀는 말했다.

아르스와는 몇 년 이상 떨어지게 되겠지.

그리고 이번 일의 벌.

이쪽은 진짜 의미로 아이샤에게 내리는 벌로, 태어나는 아이를 내가 맡기로 했다.

아르스가 성장해서 결혼할 때까지 몇 년 동안, 아이샤는 아이와 만날 수 없다.

아이샤는 아이를 낳고 그 얼굴을 한 번 본 뒤에 헤어지게 된다.

그것이 아이샤에게 내려진 벌이다.

이게 진짜 벌이 될지는 모르지만, 나는 자식과 못 만나는 괴로움을 잘 아니까 개인적으로는 이 정도면 충분하리라고 본다.

뭐, 아이샤는 그렇다고 해도, 아무런 죄도 없는 아이와 어머니를 떼어 놓는 것에는 다소 가슴이 아프다.

아이가 너무 가엾다.

물론 나는 책임을 지고 돌볼 생각이지만… 혹시나 아이의 마음에 커다란 상처를 남길지도 모른다.

그걸 생각하면 솔직히 아이샤를 그냥 집에 놔두고 아르스랑 행복하게 살게 할까 싶은 마음도 있다.

하지만 역시 이번 일로 아이샤는 어떠한 벌을 받아야만 한다.

자기가 못된 짓을 한 결과를, 자기가 커다란 실패를 한 결과를, 분명히 곱씹어야 한다.

그걸 생각했을 때 내가 할 수 있는 일은 태어나는 아이에게 친어머니 이상의 애정을 쏟는 것뿐이겠지.

아르스와 헤어져서 혼자 살면서 아이샤가 제대로 성장할 수 있을까.

그것은 내가, 아니, 우리가 제대로 지켜보려고 한다.

아르스는 우리 집으로 돌아와서 복학하게 된다.

아이샤와 비슷한 벌을 받게 하기에 아르스는 너무 어리다.

그 또한 육체적으로도, 정신적으로도 아이샤를 지킬 수 없다.

이번 일을 확실히 반성하고 전력으로 성장하려고 노력하는 것이 그의 책무가 되겠지.

그리고 아르스가 성인이 되어서 학교를 졸업하고, 나나 에리스에게 번듯한 어른으로 인정을 받으면 그다음에는 마음대로 해도 된다고 말하기로 했다.

마음대로 해도 된다는 소리는 즉 아슬라 왕국에 가서 아이샤를 아내로 맞든지 뭘 하든지 괜찮다는 소리다. 반대로 말하자면 책임을 가지고 아이샤를 데리러 가라는 의미다.

아르스는 아이샤와 멀어지게 되는 게 역시 싫겠지.

하지만 저번에 에리스와 싸운 결과, 그리고 눈 밑이 시커메진 아이샤를 보고 순순히 고개를 끄덕였다.

육체적으로도 정신적으로도 미숙하지만, 이미 마음가짐과 기합은 확실하다. 에리스의 자식이니까 그런 쪽으로는 걱정하지 않는다.

아르스는 분명히 성장하고 아이샤를 데리러 갈 것이다.

최종적으로 세상에는 '아르스는 약혼을 하고, 아이샤는 아내로 들어갔다'로 알려지는 형태가 된다.

결국 아이샤는 추방당한 건지, 아내로 들어간 건지 혼란스럽겠지만 그거면 된다.

애매모호한 쪽이 진실을 알기 어렵다.

그리고 우리를 잘 모르는 상대에게 추문이 퍼지는 것은 좋지 않다.

그 뒤로 아르스와 아이샤를 데리고 각지를 돌면서 사과를 시켰다.

이번에 수색에 협력해 준 이들이다.

그들에게는 이번 일을 잘 설명했다.

물론 폐를 끼친 상대니까, 아이샤와 아르스의 처우에 관해서도 솔직하게 말했다.

자노바는 평소처럼 "하하하하, 찾아서 다행이군요!"라고 쾌활하게 웃었다.

아리엘은 "아이샤를 추방한다면 제가 주워 가도 괜찮겠죠?"라는 무시무시한 소리를 했지만 안 된다고 말해 두었다.

올스테드는 평소처럼 무서운 얼굴로 끄덕였다.

마대륙 방면을 찾던 알렉은 키시리카를 발견했는지 의기양양한 얼굴로 그 잠복지를 알려 주었지만, 이미 늦었다.

루이젤드는 이번 결말에 조금 복잡한 듯하면서도 안도한 것 같았다.

페르기우스는 "흥, 결국 잡혔나."라며 코웃음을 쳤다. 아무래도 그는 이번 도주극에서 아이샤에게 소극적으로 협력했던 모양이다. 나중에 올스테드에게 일러야지.

용병단에 가니, 아이샤 쪽에 붙은 거 아닐까 싶었던 이들이 즉각 꼬리를 말고 직립 부동 상태로 시선을 이리저리 돌리기만 했다.

이 녀석들 중에 몇몇은 나를 배신하고 아이샤 쪽에 붙었던 것이다.

그렇기는 해도 불문에 부쳐도 되겠지.

아이샤가 약점을 쥔 사람도 많겠고, 리니아나 프루세나처럼 내 쪽에 붙은 이도 있고. 이번 일을 용서하는 것으로 선심 써 두는 결과로도 이어진다.

인신의 꼬드김에 대규모 배신이 발생한 게 아니라 결국은 집안싸움 정도고.

아니, 설령 뭘 어떻게 하려고 해도, 이미 전 세계 규모로 만들어진 조직이다.

없애기는 어렵고, 개중에는 전이마법진이나 통신석판의 지식을 가진 단원도 있다. 지금은 디메리트가 더 크다.

참고로 리니아와 프루세나는 처음 단계에서 내 쪽에 붙은 탓인지, 아주 거만한 얼굴로 배신자를 규탄하고 있었다.

거의 아무것도 안 했으면서….

뭐, 이것도 자정 작용으로 이어질지 모르니까 내버려두자.

그렇긴 해도 이번에 아이샤 쪽에 붙은 용병단원들은 겁먹으면서도 누구 하나 아이샤가 시켜서 했다든가, 협박 때문에 어쩔 수 없었다는 식의 말을 하지 않았다.

아이샤는 이러니저러니 해도 그들의 마음을 얻고 있었다.

이번에야말로 아이샤가 그런 사실을 확실히 이해해 주었으면 좋겠다.

아무튼 아무도 화내지 않았다.

고마운 일이로군.

그리고 사죄는 끝나고, 출산의 때가 왔다.

★ ★ ★

아이샤와 아르스의 자식. 내게는 첫 손주가 되는 아이는 남자아이였다.

이름은 르로이.

르로이 그레이랫.

아이샤를 닮아서 영리하고, 아르스를 닮아서 가슴을 좋아하고, 두 사람을 닮아서 활발할 듯한 아이였다.

부모의 이름이나 조부모의 머리글자를 쓸 생각은 없냐고 물었더니, 오빠도 아니고 그런 거 안 한다는 소리를 들었다.

그렇긴 해도 첫 손주인데 별로 실감이 나지 않는다.

크리스가 갓난아이였던 게 고작 몇 년 전의 일이기 때문일까. 왠지 새 자식이 생긴 감각이다.

이미 할아버지가 되었는데….

아이샤가 신생아를 돌보는 모습은 역시나 익숙한 것이었다.
첫 자식이라고는 생각하기 힘들었다.
하지만 생각할 것도 없이 루시부터 크리스에 이르기까지 모두 아이샤가 돌봤다.
아이샤 혼자서 돌본 건 아니지만, 아이샤는 모든 아이들을 다 돌봤다.
그럼 실제로 어머니가 되어도 뭐든지 할 수 있겠지.
그리고 우리 가족은 다들 육아를 도와준다.
그런 일이 있었는데도, 다들 르로이를 받아들이고 귀여워했다.
그게 기뻤다.
특히나 리랴는 르로이가 태어나자 돌변했다. 아이샤와 아르스의 결혼을 그렇게 싫어했다고 생각할 수 없을 만큼 르로이를 귀여워했다.
하지만 알 것 같다.
나와 리랴의 피가 이어지지 않은 것을 생각하면, 그녀에게는 첫 손주다.
아르스가 내 아들이라는 점에 대한 응어리가 없어지면, 귀여워하는 것에 저항은 없겠지. 리랴라면 괜찮겠지만, 너무 오냐오냐 받아 주지 않을지 걱정이 된다.
아르스는 진지하기 짝이 없는 얼굴로, 아기의 기저귀를 갈아주는 연습을 하고 있다.

아르스는 현재 아이샤와 리랴에게 적극적으로 아이 돌보는 법을 배우고 있다. 아기는 내가 맡지만, 대부분 아르스가 돌보게 된다.

물론 돕기는 할 거다. 하지만 아르스는 앞으로 부모의 역할을 배워야만 한다.

열두 살이라는 어린 나이에 아버지가 되었지만, 그 책임을 져야 한다.

아르스는 그걸 자각하고 전력으로 만사에 임하고 있다. 물론 학교에는 가고, 에리스와의 수행도 한층 수준이 올랐다. 다른 일도 모두 열심히 하는 모양이다.

언젠가 아이샤를 데리러 가기 위해서.

"……."

그렇긴 해도 이렇게 자식들이 한 명, 또 한 명 결혼을 하고 손주들이 늘어가는 걸까.

아르스는 꽤 이른 편이지만, 루시도 슬슬 나이가 되어 간다.

성인이 되기 전에 크라이브와 사귀었던 모양이지만, 지금은 크라이브가 미리스로 이주하면서 사이가 소원해졌다. 이사 전에 장래의 약속 같은 걸 나누었을지도 모르지만, 현실은 비정하다.

아슬라의 왕립학교에서 새로운 사랑을 발견한 루시가 다른 연인을 만들어도 이상하지 않다.

라라는 전혀 그런 눈치가 없지만… 하지만 그런 애가 느닷없이 누군가를 데려오는 것도 있을 법한 이야기다.

그녀는 여전히 레오와 붙어 다닌다.

그러니까 먼저 레오의 눈에 드는 인물이 나타나야 그런 이야기가 시작되겠는데….

지크나 더 어린 애들에게는 아무래도 아직 이르겠지.

그렇게 생각하지만, 마찬가지로 이르다고 생각했던 아르스가 자식까지 만들었으니까 어떻게 될지 알 수 없다.

그리고 그것은 이번처럼 복잡한 상대일지도 모른다.

사실 크리스가 놀랄 만큼 아저씨 취향이라서, 성인이 되는 동시에 배불뚝이 34살 무직 니트족을 데려온다든가….

그때도 반사적으로 안 된다고 말할 것 같지만, 제대로 이야기를 나눠 보자.

무직에 니트족이라면 혹시나 나랑 말이 통할지도 모른다.

아니, 통하기만 하는 건 좀 그러니까, 제대로 된 면을 보여주었으면 좋겠는데.

"어머나, 가슴인가요~ 르로이는 어리광도 많네요~"

"아이샤, 너무 받아 주면 안 됩니다."

"네, 엄마."

르로이는 행복한 얼굴로 아이샤의 가슴에 얼굴을 묻고 있다.

리랴는 옆에 앉아서 부드럽게 웃고 있다.

아르스는 '어쩔 수 없다니까'라는 얼굴이다.

그런 얼굴을 해도 말이지, 아르스, 가슴 좋아하는 그거, 어렸을 때 너랑 똑같아.

…어라? 그렇다면 혹시 르로이도 열 살 정도에 리리나 크리스에게 홀라당 넘어가는 일이 있을지도…? 나는 40대에 증조할아버지?

아니, 그건 아니겠지.

"……."

뭐, 어떤 형태일지는 모르지만, 일이 일어날 때는 예측하지 않는 형태로 일어나겠지.

그때는 이번처럼 혼란스럽지 않게, 냉정하게 대응하고 싶다.

아주 잠깐 동안의 행복한 세 사람을 보며 그렇게 생각했다.

그리고 이별의 순간이 찾아왔다.

아이샤는 평소에 입는 메이드복과는 전혀 다른 여행 복장을 하고 가방을 들고 현관에 섰다.

가방 안에는 약간의 의복과 그녀의 방에 있던 것이 들어 있다.

하지만 그 안에 메이드복은 들어 있지 않다.

그녀가 오랫동안 계속 입었던 메이드복은 지하 창고에 들어갔다.

"잘 있어, 르로이…."

아이샤는 르로이를 끌어안았다.

고작 며칠 동안 귀여워했던 자식.

자식과 헤어지는 게 벌이라니 너무 약하지 않냐던 아이샤지만, 르로이를 끌어안고는 눈물을 뚝뚝 흘렸다.

아르스도 울고, 리랴도 울었다.

그것을 본 것만으로도, 르로이는 결코 원하지 않는데 생긴 자식이 아니라는 사실이 느껴져서 나도 울었다.

"그럼 엄마, 오빠, 르로이를 잘 부탁드릴게요."

아이샤는 리랴에게 르로이를 넘겼다.

르로이는 놀란 얼굴로 아이샤를 보았지만, 뭔가 느꼈는지 바로 울음을 터뜨렸다.

어머니와 헤어지는 것을 본능적으로 감지한 걸까.

아이샤는 울음을 터뜨린 르로이의 머리를 쓰다듬고 그 얼굴에 살짝 키스했다.

"아르스 군, 힘내."

"응."

아르스는 끄덕였다.

그는 아직 어리다. 키도 아이샤와 비슷할 정도다.

하지만 아이샤와 재회할 무렵에는 분명 아이샤보다 훨씬 커져 있겠지.

"그럼 여러분… 다녀오겠습니다."

아이샤는 마지막으로 배웅 나온 사람들에게 그렇게 인사했다.

안녕히 계시란 말도, 미안하다는 말도 아니라, 다녀오겠다고 말했다.
나는 그런 말이 기뻤다.
아이샤는 문까지 걸어가서 다시 돌아보았다.
나의 세 아내를 보고, 아이들을 보고. 꾸벅 머리를 숙였다.
그리고 문지방에 엉겨붙어 있는 비트를 쓰다듬더니 문 밖으로 나갔다.
"…으음, 실피, 록시, 에리스."
집으로 돌아가는 도중에 나는 세 아내를 불렀다.
세 사람은 각자 발을 멈추고 나를 보았다.
의아한 얼굴이다.
"할 말이 있어. 침실로 와 줄 수 있을까?"
"…중요한 이야기?"
"응, 중요한 이야기."
필요없다고 생각하고 있었다. 지금도 그렇게 생각한다.
하지만 나는 말하기로 했다. 아이샤가 떠나게 되면서, 말해야 한다고 생각했다.
전생의 기억이 있다는 것.
전생에서 어떤 인간이었다는 것을.
앞으로 아이들과도 많은 이야기를 하고 듣고 놀아 준다.
그때 나는 분명 이번 같은 일을 거듭하게 되겠지.
아무리 조심하더라도, 머리로는 알아도 몸이 말을 듣지 않을 때는 있다.

애초에 전생의 기억 때문에, 머리로는 그렇게 생각하지 않아도 몸이 반응하게 될 경우는 분명 앞으로도 있을 테니까.

그 사실을 아내들에게 알려 주고 싶었다.

그리고 내가 또 뭔가 잘 모르는 것에 반응했을 때 도움을 받고 싶었다.

“아주 중요한 이야기.”

분명 환멸하지 않는다.

그런 확신을 품으면서 나는 침실로 향했다.

★ ★ ★

그로부터 4년 뒤.

아르스는 에리스에게서 빛의 칼날을 전수받았다.

검신류 성급. 바람 마술 성급.

물 마술이나 불 마술도 각각 상급. 흙과 치유는 조금 서툴렀지만, 그래도 중급에 무영창.

수업 일수 부족으로 낙제했기 때문에 수석까지는 안 되었지만, 지극히 우수한 성적으로 마법 대학을 졸업했다.

적어도 4년 전과 비교하면 대단한 비약이다.

최근 4년 동안 그의 행실을 보면서 노력하지 않는다고 생각하는 자는 없겠지.

졸업식 날, 아르스가 완벽하게 어른이 되었는가, 아이샤를 정신적으로도 육체적으로도 지킬 수 있는 힘을 손에 넣었는가.

그걸 묻자, 아르스는 모르겠다고 대답했다.

그날의 일은 반성하고 있고, 그날처럼 있으면 안 된다는 것도 안다. 하지만 아이샤를 그날과 변함없이 좋아하니까 열심히 하겠다고 말했다.

나는 그 대답에 만족하고, 기대하겠다고 말했다.

그러자 아르스는 놀란 표정으로 내 얼굴을 뚫어져라 바라보았다.

그리고 기운차게 "네!"라고 하며 끄덕인 뒤에, 에리스와 대련해서 인정받았다.

그 뒤에 아슬라 왕립학교를 졸업하여 아리엘 밑에서 일하던 아이샤를 데리러 아슬라 왕국으로 갔다.

4년 동안 아이샤는 조금 변했다.

노력해서 사람들의 마음을 이해하려 했다.

사람의 약점을 파고드는 일은 없어지고, 억지를 부리는 일도 거의 없어지고, 행동에서도 타산적인 부분이 사라지고, 만사에 하나하나 시간을 들여서 최적이 아니라 최선을 바라게 되었다.

어쩌면 그것은 아이샤의 강점이 사라진 것이라고 할 수 있을지도 모른다.

분명 지금의 아이샤는 자기 사정을 위해 주위를 이용하거나 약점을 잡는다는, 최적의 답을 위한 강행 수단을 쓰지 않을 테니까.

하지만 나는 그것을 '성장했다'고 생각한다.

현재 두 사람은 마법도시 샤리아에 집을 구입하여 살고 있다.

아르스와 아이샤와 르로이, 셋이서.

물론 우리와 한 가족처럼 지낸다.

세 사람은 우리 집에 자주 놀러 오고, 우리는 그들을 환영한다.

아이샤는 이전처럼 집안일을 거들거나 정원을 돌봐 주기도 한다.

하지만 이제 메이드복은 입지 않는다.

그녀는 더 이상 메이드복을 입지 않게 되었다.

10. 후일담

아르스는 『루데우스의 서』를 탁 소리 나게 덮었다. 29권은 이걸로 끝이었다.

그걸 보고 헨리가 한마디 중얼거렸다.

"결국 스승님은 처벌 없이 넘어간 겁니까?"

"한심한 소리지만 그렇지. 미숙한 놈에게는 책임도 지우지 않는다는 뜻이었어."

아르스는 어깨를 으쓱였다.

"나는 바보였지만, 그래도 이 사건 이후에는 좀 나아졌지. 벌이 내리지 않은 것을 못마땅하게 여기며, 공부와 훈련 시간을 두 배로 늘렸다. 스스로 말이지."

"그래서 바람 성급 마술사에 검성…. 마술을 넣고 싸우면 북신마저 능가하는 사람은 젊었을 때부터 대단했군요."

아르스 그레이랫은 신급 검사라고 일컬어진다.

검신류의 인가를 받은 건 아니지만, 용신 올스테드와 '용신의 왼팔' 북신 칼맨 3세 알렉산더 라이백, 기타 귀신제국의 이름 있는 검사들이 그렇게 인정한다.

그날부터 단련을 계속 해 온 결과, 그렇게 되었다.

"다행스럽게도 빨강 엄마가 훈련을 시켰으니까 거기까지는 금방 할 수 있었지. 나는 정말 좋은 환경 속에서 살았어."

"빨강 엄마는 광검왕 에리스…. 검신류 광검류의 시조로군요. 검신류의 개념을 박살 냈다는 평도 있고, 아주 맹렬하고 광폭하다고 하던데?"

"광폭이라…. 뭐, 그런 부분도 있었지만…. 부모로서는 훌륭했어. 내가 전보다 의욕을 보이니까 거기에 응해 주었지. 어떻게 보면 아버지보다 아버지다웠어. 잘못했을 때 때려서 길을 바로잡아 주는 사람은 항상 빨강 엄마였지."

아르스는 그리운 느낌으로 눈을 가늘게 떴다.

“그래서, 그 뒤로 어떻게 되었습니까?”

“그 뒤로? 학교를 졸업하고, 아이샤를 데리러 가고, 결혼하고, 아버지의 부하 겸 루드 용병단의 일원으로 올스테드 님 밑에 있었지. 돌이켜 보면 그 무렵이 내 인생에서 제일 힘든 시기였어. 유혹도 많았어. 왜냐면 그때부터 여자가 다가오는 일이 많아져서 말이지. 그것도 가슴이 큰 여자가 많아서…. 특히나 당시 루드 용병단의 단장은 위험했거든. 나는 아이샤만 바라봤는데 왜인지 시선이 자꾸만 그리로 갈 정도의 마성… 아니, 이런 이야기는 됐나. 아무튼 그런 유혹을 견디면서 전 세계를 날아다니다 보니까 어느 틈에 너희 상사가 된 거다.”

“마지막 부분은 너무 뚝 잘라먹은 거 아닙니까.”

헨리의 말에 루이셰리아는 “이 녀석은 이전부터 이래.”라는 무뚝뚝한 말을 덧붙였다.

루이셰리아는 아르스와 오래 알고 지냈다.

올스테드의 부하가 된 것은 늦었지만, 친척들끼리 교류는 제법 있었다.

루이셰리아는 방금 전에 언급된 르로이도 알고 있고, 그 딸인 페리스에 대해서도 알고 있다.

인간족과 스펠드족의 나이 차이, 스펠드족의 느린 성장 때문에 세 사람 다 동년대의 친척처럼 알고 지낸 시기도 있다.

어느 틈에 다들 성장하고 자기만 어린 채로 있는 것을 고민한 시기도 있었지만, 최근에는 그냥 그런 거라고 마음을 정리했다.

"조금 더 자세히 말해 줘. 아르스 오빠는 어엿한 성인으로 인정받기 위해서 에리스 그레이랫에게 결투를 신청했다고 적혀 있어."

"결투라는 말은 없잖아. 똑바로 읽어 봐."

"하지만 실제로 결투를 했다고 들었어."

"그런 낭설을 퍼뜨린 게 대체 누구지?"

"어머니."

"노른 고모…. 뭐, 결투란 말은 좀 심하지만, 대련을 한 건 사실이고…."

"그걸 자세히 말해 봐. 또 아이샤 이모를 데리러 간 이야기도 해봐. 여자로서 궁금해."

난폭한 말에 아르스는 웃음을 터뜨렸다.

루이셰리아라는 여자는 나이에 비해 사교성이 부족하다.

그러니까 군 경력이 길고 계급도 높은데 부하도 없이 계속 헨리와 콤비를 짜고 지내는 것이다.

"뭐, 그것도 좋을까."

그것을 인정한 것은 루이셰리아 본인이고, 올스테드고, 아르스다.

헨리라는 조카손자뻘의 인물이 그 몸을 잠식한 저주에 비해 사교성이 높은 것에도 이유가 있다.

"그렇다고 그리 대단한 것도 아냐."

아르스는 그런 말로 이야기를 시작했다.

이 이야기의 마지막 에피소드를.

★ ★ ★

그날의 일은 몇 번이나 꿈에서 보았다.

지금도 불안한 밤이면 때때로 꿈에서 본다.

나에게는 악몽의 단골 소재다.

꿈속에서 나는 빨강 엄마와 마주 보고 서 있다.

서로 검을 뽑아 들고, 빈틈을 엿보면서 슬금슬금 거리를 좁히고 있다.

아버지가 보고 있다. 하양 엄마와 파랑 엄마도 보고 있다. 두 누나와 동생들, 레오와 지로와 비트, 가족 모두가 보고 있다.

이날을 위해 충분한 훈련을 해 왔다.

훈련만 거듭해도 안 된다는 걸 알면서도 반드시 이걸 뛰어넘어야 한다고 굳게 믿으며 계속해서 검을 휘둘러왔다.

빨강 엄마에게 이긴다.

그런 마음을 가슴에 새기며 검을 보면, 왜인지 평소보다 짧다.

팔다리도 성인이 된 남성의 그것이 아니다. 열두 살 정도 아이의 손. 평소보다 힘도 들어가지 않고, 평소에 어떻게 검을 휘둘렀는지도 알 수 없다. 아니, 그 정도가 아니라 어느 틈에 손에서는 검도 사라져 버렸다.

어디에 두고 온 걸까. 얼른 찾으러 가야 해.

그런 생각을 하는 사이에 빨강 엄마가 검을 휘둘렀다.

내 손은 날아가고….

그리고 그 순간 눈을 뜬다.

그럴 때면 나는 시커먼 어둠 속에서 식은땀을 흘리면서, 꿈 속에서 날아간 내 손을 본다. 물론 붙어 있다. 주름과 굳은살로 가득한 손이다.

그리고 내 반생을 돌이켜 보며 스스로를 진정시킨다.

더 젊었을 때 옆에서 자던 아이샤에게 위로를 받기도 했지만.

뭐, 그런 꿈은 자주 꾸긴 하지.

인생의 중요한 국면에서 중요한 것을 잊거나 실수를 저질러서 실패하는 꿈 말이야.

불안함이 꿈으로 나타나는 거라고 아버지는 그러셨지.

자, 그런 꿈 이야기인데, 물론 그것의 근간에는 나와 아이샤의 가출 마지막 날에 벌어진 대결이 있어. 나는 빨강 엄마에게 패배하고 손목이 날아갔지.

빨강 엄마는 치유 마술을 받고 의기소침해 있는 나를 세게 끌어안았다.

불필요한 말 같은 건 없었다. 강해지라는 말도 하지 않았다.

하지만 나는 강해진다는 게 중요하다고 느꼈지.

나는 강해져야만 한다.

아니, 나는 강해야 한다.

그렇게 확신한 것은 라노아 마법 대학의 최상급생이 되었을 때다.

나는 라노아 마법 대학에서 나름 우수한 성적을 거두었다. 열심히 공부했으니까.

하지만 결코 1등은 아니었다.

마술 쪽으로는 루시 누나는 물론이고 대충대충인 라라 누나에게도 못 이긴다.

다른 학생들도 우수했다. 라노아 대학에 다니는 학생들은 다들 멍청한 얼굴로 교실과 침대를 오가기만 하는 게 아냐. 우리 그레이랫 가문 정도는 아니더라도, 유복한 환경 속에서 실력을 키운 자는 있다. 그렇지 않더라도 마법도시 샤리아는 아버지와 올스테드 님 덕분에 유복한 도시가 되어 가고 있어서, 우수하며 야심 넘치는 인재가 꼬리를 물며 찾아오게 되었다.

나 같은 것에게 지면 안 되는 녀석들이 나를 앞질러갔다.

나도 아이샤와 헤어진 뒤로 노력했다고 생각했지만, 1등이 될 만한 분야는 하나밖에 없었다.

답답했다. 분명히 아이샤라면 거의 모든 분야에서 1등이었을 테니까.

하지만 1등이었던 것도 있지.

검술… 아니, 싸우는 것 전반.

공격 마술은 결코 1등이 아니었지만, 공격 마술을 사용한 모의전이라면 1등이었다.

그러니까 생각했지.

나는 이거다. 나는 이걸 잘한다…라고.

너무 짧은 생각 아닐까 싶긴 했어. 내가 싫어하는 분야에서 도망치는 걸지도 모른다고.

다만 빨강 엄마에게 물어보았더니, 빨강 엄마는 절대로 도망쳐선 안 된다는 말을 하지 않았어.

그저 기쁜 듯이 "그래! 나도 그랬어!"라고 말했지.

기쁜 듯이 말이야.

내가 다른 건 잘 못하겠다고 말할 때는 복잡한 표정으로, 화난 것 같으면서도 조금 울 것 같은 표정이었던 빨강 엄마가, 싸우는 건 좋아한다, 잘한다, 이건 1등이다, 라고 말했더니 기쁜 듯이 그렇게 말했단 말이야.

분명 빨강 엄마도 이전에 그랬을 거다.

아니, 나중에 들은 이야기인데, 빨강 엄마는 잘하는 분야와 못하는 분야의 차이가 나보다 훨씬 컸다고 한다.

내가 다른 분야에서도 정도의 차이는 있어도 '우수'의 성적을 받은 것은 아버지의 피를 이었기 때문일까.

아무튼 빨강 엄마의 그런 말에 나는 각오를 다졌지.

아이샤가 뭐든지 할 수 있다고 해서, 나도 뭐든지 할 수 있을 필요는 없다.

나는 아이샤의 검이면 된다.

아이샤의 허리춤에 항상 있으며, 여차할 때는 이걸 뽑으면 된다, 라고 여겨지는 존재로 있는 것이다.

그것은 분명 마음의 버팀목이 되겠지. 안심으로 이어질 거야.

아버지에게 빨강 엄마가 그런 존재였듯이.

그러니까 나는 빨강 엄마에게 이길 필요가 있었다.

싸워서 이길 필요가 있었다.

딱히 빨강 엄마가 아니라도 좋을지 모르지만, 내가 보기에 제일 강하고 제일 든든한 검사는 빨강 엄마다.

사실 아는 검사는 몇 명 더 있었지.

아이샤와 헤어진 뒤로 몇 년 동안 여러 사람들을 알게 되었다.

검신 지노 씨, 지노 씨의 아내인 니나 씨, 수신 레이다 님, 아슬라 왕궁에서 일하는 검왕 길레느 님과 산도르 님… 그리고 알렉. 지금은 일을 하지 않는 바보산더라는 인상이지만, 당시에는 내 동생과 나를 돌봐 주며 검술에 대해 이야기를 들어주는 스승 같은 인물로 존경했다.

그런 당시의 나보다 훨씬 강했던 사람들이 빨강 엄마를 말할 때면, 거기에는 '쉽게 이길 수 있는 상대가 아니다'라는 뉘앙스가 포함되어 있었다.

단순히 검술 실력으로 말하자면, 분명 빨강 엄마는 지금 열거한 이들보다 뒤졌을지도 몰라.

하지만 싸워 보면 그들의 급소에 닿는 검을 휘두르며 그들의 목숨을 위협할 만한 존재였다.

검술이 능한 게 아냐.

'강하다'란 말이지.

그래서 나는 빨강 엄마를 목표로 삼았다.

어엿한 성인으로 인정받기 위해서는 빨강 엄마를 이겨야 한다.

그러기 위해 필사적으로 수행을 하고 육체를 단련하고 독자적인 전술을 만들고 기술을 갈고 닦았다.

라노아 마법 대학을 졸업하고 아슬라 왕립학교에 다니기 시작할 무렵, 아버지가 말했다.

슬슬 너도 어른이 되었다. 아이샤를 데리러 가도 되지 않겠냐…라고.

아버지는 어느 틈에 나를 인정하고 계셨다.

하지만 나는 아직 스스로를 인정하지 못했다.

그러니까 나는 말했다.

"빨강 엄마에게서 한 판 따낼 때까지 나는 아직 제몫을 하는 게 아니니까, 아이샤를 데리러 갈 수 없습니다."

그렇게 말했을 때 만족했던 빨강 엄마의 얼굴은 지금도 떠오르는군.

라라 누나는 기막히다는 반응이었지만. 여동생들도 그랬어.

지크는 그게 당연하다는 얼굴이었지. 녀석은 아슬라 왕립학교를 다니기 시작할 때까지 알렉의 영향을 잔뜩 받았으니까, 그런 전개를 좋아했겠지.

아버지는 불안한 얼굴을 했지만, 하양 엄마와 파랑 엄마의 설득에 결국 승낙했다.

몇 분 뒤, 그레이랫 가문의 정원에서 빨강 엄마와 마주 보고 서 있었다.

서로 진검을 들고 자세를 갖추고 있었다.

아버지는 목검이면 된다고 말했지만, 그래서는 내 진심이 전해지지 않는다고 생각했고, 빨강 엄마도 아무 소리 않고 진검을 들고 나왔지. 아무 말 없이도 빨강 엄마에게는 전해지고 있었다.

빨강 엄마와 마주 보면서 나는 몇 번이나 심호흡했던 것을 기억한다.

긴장이야 했지. 이건 단순한 졸업 시험이 아냐.

꼭 이길 수 있다는 보증도, 필승법도 없다.

빨강 엄마는 강적이다.

근래 몇 년 동안 여러 상대와 싸웠지만, 제일 이기기 힘든 상대다.

왜 빨강 엄마가 강한가, 다른 검호들이 경계하는가. 그것을 몇 년 동안 몇 번이나 생각했다.

결론은 나왔다.

빨강 엄마의 강함은 일단 끈질긴 데 있다.

포기를 모른다고 해도 좋다.

빨강 엄마는 '광검왕'이라는 별명과 용모로 오해를 사기 쉽지만, 결코 무턱대고 돌진만 하는 무식한 싸움을 하는 게 아니다.

민첩하고 공격 센스가 뛰어난 건 사실이고 엄청난 기세로 공격해 오기도 하지만, 사실은 방어면이 다른 검신류 검사보다 탁월하다.

몸을 어떻게 움직이는 게 최적인지 알고, 깊게 파고들더라도 결정적인 빈틈은 보이지 않아서 아무튼 치명타를 입지 않는다.

그러면서 북신류처럼 오랫동안 싸우는 것을 생각한 끈기.

때로는 수신류처럼 상대의 공격을 유발하고, 자기는 아슬아슬하게 흘려 넘길 때도 있다.

그런 유파와 크게 다른 점은, 빨강 엄마가 매섭게 공격하고 든다는 점이다.

아무튼 공격하고 든다. 검신류는 모두 그렇지만, 자신이 쓰러지기 전에 상대를 쓰러뜨리는 것을 목표로 한다.

하지만 빨강 엄마는 검신류와도 다르다.

빨강 엄마는 일격으로 상대를 해치울 생각을 하지 않는다.

검신류는 첫 공격에 모든 것을 거는 이가 많다. 빛의 칼날은 그만큼 강한 필살기다.

빨강 엄마도 그렇게 보이는 공격을 하기도 하지만, 꼭 그렇지도 않다.

빛의 칼날을 적이 피할 경우도 생각해서 움직인다.

나는 수신 레이다와 빨강 엄마의 모의전을 구경한 적이 있었다.

결과는 레이다가 앞섰다. 하지만 일격으로 끝난 시합은 한 번도 없었다.

빨강 엄마의 빛의 칼날은 항상 교묘하게 날아갔다. 그냥 파고들어서 대충 날리는 게 아니다.

그걸로 이기는 경우는 있었지만, 레이다가 한 수 앞서서 흘려 넘기고 카운터를 날리는 경우도 있었다.

빨강 엄마는 카운터를 맞는다. 하지만 절대로 그걸로 끝나는 경우는 없다.

빨강 엄마는 그 일격으로는 절대로 치명타를 입지 않는다. 결과적으로 그 일격이 원인이 되어 밀리다가 패배하게 되지만, 그래도 그 순간은 아직 승부가 나지 않는다.

저 수신의 필살기를 맞고도 서 있는다.

빨강 엄마는 일단 팍팍 공격해도 방어에 소홀하지 않다.

항상 자기보다 강한 상대와 싸운다고 생각하는 것이다.

마치 자기가 버티면, 자기가 전선에서 계속 싸우고 있으면, 그다음에는 아버지가 이겨 줄 거라고 믿는 것처럼 보였다.

엘리나리제 할머님이나 루이젤드 씨에 가깝다.

즉, 전사. 검사면서 전사.

스스로가 결정타가 될 만한 공격력을 가진 검사면서도, 전선을 오랫동안 유지하는 전사.

그것이 '광검왕 에리스 그레이랫'이다.

그런 상대를 이겨야 한다. 간단한 일이 아니다.

싸우기 전에 나는 몇 번이나 생각했다. 어떻게 하면 빨강 엄마에게 이길 수 있을까, 어떻게 하면 한 판 따낼 수 있을까.

제일 먼저 떠올린 전법은 기습이었다.

첫 공격에서 빨강 엄마의 상상 이상으로 빠르게 움직여서 일격에 쓰러뜨린다. 빨강 엄마가 끈질기다고 해도 한도가 있다. 게다가 나는 마술도 쓸 수 있고, 그걸 이용한 수단은 얼마든지 있다.

하지만 나는 그걸 선택하지 않았다.

정면에서 우직하게 싸우는 편을 선택했다.

그래야만 했기 때문이다.

나는 빨강 엄마에게 이겨야만 한다. 이긴다는 것은 같은 조건에서 웃돈다는 소리다.

애초에 목적은 빨강 엄마에게 이기는 것이 아니다.

내가 제대로 어른이 되었음을 증명하는 것이다.

져도 되는 건 아니지만, 싸우는 방법과 이기는 방법은 잘 골라야만 한다.

설득할 수 있어야 한다.

이겼으니까 나는 이걸로 충분히 제몫을 하는 어른이다, 라는 식으로 나 혼자 멋대로 정하는 게 아니다.

너는 이 정도로 훌륭해졌구나, 앞으로는 혼자서도 해나갈 수 있겠지, 그렇게 보여야 한다.

그렇기에 나는 정면에서 싸우고 승리를 얻어 내야만 한다.

긴장하지 않을 리가 없었다.

싸움 내용은 아직 선명하게 기억한다.

처음에 움직인 건 나였다.

빨강 엄마는 어쩐 일로 내가 먼저 나서기를 지켜보는 눈치였으니까, 그래서 내가 먼저 움직였다.

분명 빨강 엄마도 속으로는 내 성장을 보려는 마음이 있었겠지.

그렇긴 해도 그렇게 서로 눈치를 살핀 시간은 아주 짧았을 거다.

빨강 엄마는 그렇게 인내심이 많은 편이 아냐. 고작 몇 초, 아니, 1초만 더 내가 공격하지 않고 있었으면 분명 빨강 엄마 쪽에서 공격해 왔겠지.

그 덕분에 기선을 제압할 수 있었다.

나는 마술을 섞어 가면서 신중하게 한 발씩 몰아붙였다.

마술이라고 해도 공격에 쓴 건 아냐.

바람 마술로 충격파를 일으키고 고속 이동과 중심 조작으로 검술을 보조한다는, 내 특기지.

루시 누나를 흉내 낸 것으로 시작해서 내 나름대로 승화시킨 전투법이었다.

나는 루시 누나와 달리 공격에 마술을 이용하는 일은 별로 없어.

한 발짝 더 파고들고, 상대의 공격을 보다 쉽게 피하는 데 쓴다.

그렇긴 해도 근접거리에서 싸우는 내가 그걸 하면, 상대에게도 영향이 간다.

자기 자세를 바로잡기 위해 충격파를 쓰지만, 나에게만 작용하는 게 아니라 상대에게도 그 충격은 전해진다.

상대는 모르는 사이에 자세가 무너지고 큰 틈을 드러낸다.

이걸 깨달은 뒤로는 동년배에게는 지지 않게 되었다.

하지만 상대는 빨강 엄마, 이 전투법을 완전히 터득한 지금의 나라면 빨강 엄마라도 무너뜨릴 수 있을지 모르지만, 당시에는 그렇게 쉽지 않았지.

빨강 엄마의 기초 근육은 아주 강해서, 내가 내 자세를 바로잡는 데 쓰는 충격파로는 꿈쩍도 하지 않았다.

그뿐만 아니라… 빨강 엄마는 내 충격파를 이용했다.

내가 자세를 가다듬기 위해 충격파를 쓰는 데 맞춰서 한 발짝 깊게 파고들고, 내가 날린 충격파로 자기 자세를 바로잡았단 말이지.

지금 생각해 봐도 어이가 없는 기술이야. 같은 짓을 할 수 있는 건 올스테드 님 정도일까. 내가 충격파를 쓸지 여부를 완전히 읽어 내고서, 내가 날린 충격파가 닿을 정도로 몸을 굽혀야 한다.

실패하면 빨강 엄마라도 자세가 무너진다.

물론 빨강 엄마도 몇 번이나 한 건 아냐.

지금까지 빨강 엄마와 모의전을 하지 않았던 건 아냐. 충격파도 안 썼던 건 아냐. 하지만 빨강 엄마가 그걸 해 온 것은 이때 단 한 번뿐.

딱 한 번이다.

딱 한 번, 완벽한 타이밍으로 그걸 해냈다.

딱 한 번으로, 공수가 역전되었다.

형세가 역전되어도 나는 당황하지 않았다. 간단히 이길 수 있을 거라곤 생각하지 않았으니까.

처음에는 잘 풀리더라도 간단히 뒤집힐 거라고 예상하고 있었다.

그러니까 방어로 전환하면서 침착하게 같은 짓을 거듭했다.

검을 흘리고 회피하고, 때로는 파고들고, 때로는 충격파로 자세를 가다듬는다.

끝까지 제대로 공격했던 건 아니지만, 결코 공격이 안 들어가는 건 아니었다.

빨강 엄마는 그렇게 만만한 상대가 아니지만, 나도 북신류나

수신류에게서 방어법을 배웠다. 그것을 유감없이 발휘해서 빨강 엄마의 맹공을 견뎌내었다.

일진일퇴. 서로 결정타를 넣지 못하고, 끝을 내지 못하는 상태.

그렇게 되면 서로 어딘가에서 찬스를 잡아야 한다.

나는 빨강 엄마의 행동을 읽었다.

빨강 엄마는 끝장내지 못한 상대에게 억지로 밀고 들어오지 않는다. 그런 짓을 할 때도 있을지 모르지만, 나를 상대로는 하지 않았을 거란 확신이 있었다.

그럼 다시 내 충격파를 이용할 거라고 읽었다.

난이도가 높은 짓이지만, 내가 고지식하게 같은 행동을 거듭하면 마찬가지로 그걸 이용하려 들 거라고.

그러니까 나는 들키지 않도록 신중하게, 덫을 깔 타이밍을 기다렸다.

그 순간은 전조도 없이 찾아왔지만, 지금이라는 걸 알았다.

빨강 엄마가 조금 세게 파고들고, 내가 그걸 버텨 내고 맞받아친다. 내가 절호의 기회라는 듯이 조금 깊게 파고들어도, 빨강 엄마는 당연하다는 듯이 자세를 바로잡고 내 검을 튕겨 냈다.

여기.

"……!"

나는 충격파를 평소보다 세게 발생시켰다.

자세를 바로잡는 정도가 아니라 무너뜨릴 정도의 충격파.

미리 준비했다면 아슬아슬하게 버틸 수 있지만, 준비하지 않았으면 무너진다. 대부분의 상대는 넘어지든가 무릎을 꿇는다.

빨강 엄마조차도 버티지 못하고 한쪽 다리가 땅을 두 번 탁탁 밟았다.

틈이 생겼다.

빛의 칼날은 똑바로 빨강 엄마의 목덜미로 날아갔다.

아뿔싸 라고 느낀 것은 내가 성장한 증거라고 생각해야겠지.

손에 들고 있던 것은 진검이다. 나는 아슬아슬하게 검의 궤도를 바꾸었다.

그리고 그 사이에 자세를 가다듬은 빨강 엄마의 빛의 칼날이 내 목으로 날아들고 있었다.

진다.

그렇게 생각한 다음 순간 빨강 엄마의 검이 둔해졌다.

빨강 엄마의 검 또한 궤도를 바꾸어서 목이 아닌 손목을 향하기 시작했다.

머리는 쫓아가지 못했지만, 몸은 움직이고 있었다.

내 검이 아주 약간의 차이로 빨강 엄마의 손목을 베어 냈다.

빛 되돌리기.

빨강 엄마의 손목은 하늘을 날고, 나는 빨강 엄마에게 검을 들이대고 있었다.

"거기까지!"

누구의 목소리였을까, 하양 엄마일까.

빨강 엄마의 어깨너머로 얼굴이 새파래져 달려오는 아버지, 빨강 엄마의 손목을 주우러 가는 하양 엄마, 가슴을 쓸어내리는 파랑 엄마의 모습이 보였다.

라라 누나는 집에 돌아갔고, 지크와 여동생들은 신나게 환호성을 보내고 있었다.

지금 돌이켜 봐도 아슬아슬하게 이겼다는 느낌이었다.

재현성 있는 승리가 아니었다.

기초적인 능력으로는 역시 빨강 엄마가 몇 수는 더 위였다.

그래도 여기다 싶은 때 빨강 엄마를 상대로 한 발짝도 물러나지 않고 싸운 것만으로 충분했다고 생각한다.

"아르스."

나는 빨강 엄마와 몇 초 서로 바라본 뒤에 포옹했다.

빨강 엄마는 한 팔을 잃었으면서도 나를 세게 껴안았다.

정말로 강한 힘이었다.

이대로 날 졸라 죽이는 게 아닌가 싶을 정도로 전력의 포옹이였다.

싫지 않았다.

빨강 엄마는 계속 내 옆에 있었다. 오늘이라는 날까지 결코 날 버리지 않았다.

아무 말도 하지 않았지만, '잘했다'고 칭찬해 주는 게 말없이 전해졌다.

나도 힘을 주어서 빨강 엄마를 세게 껴안았다.

나는 분명 울고 있었겠지.

그리고 나는 제몫을 하는 어른이 되었다.

★ ★ ★

그 뒤, 인정을 받은 내가 처음으로 해야 할 일은… 뭐, 뻔하겠지만 준비였다.

아이샤를 데리러 가야지.

그렇다고 해도 일상복을 입은 채로 아슬라 왕국까지 가는 건 좋지 않다.

표현하기 어렵지만, 그건 좋지 않다.

아니, 결혼 상대를 데리러 가는 거니까. 마땅한 의례란 게 있겠지. 안 그래?

하지만 그걸 모르겠다.

애초에 아이샤와 헤어진 뒤로 그런 쪽으로는 도통 인연이 없었으니까.

제안도 있었고, 유혹도 있었다. 하지만 받아들이지 않았으니까, 그다음을 모른다.

하물며 내가 나서서 하자니 완전히 미지의 세계였다.

그러니까 나는 아버지에게 이야기했다.

아버지는 아내를 셋이나 두었으니까 그런 쪽으로 잘 알 거라고 생각하고.

“아이샤 누나를 데리러 갈 때 어떻게 하면 좋을까요? 여자 경험이 별로 없어서 어떻게 해야 좋을지 모르니… 아빠라면 잘 알죠?”

하지만 아버지는 씁쓸한 표정이었다.

“아니, 나도 그런 경험은 별로 없는데…?”

하지만 아버지는 여자를 데리러 간다는 경험이 별로 없는 모양이라서, 힘든 표정으로 끙끙 신음하더니 엄마들과의 만남이나 재회에 대해 이야기하고 생각했다.

“스스로 생각할 수 있는 데까지 하면 돼. 상대는 아이샤니까, 어떤 너라도 기쁘게 받아들여 줄 거야.”

마지막에 쥐어짜내듯이 그렇게 말했다. 구체적인 것은 하나도 없었다.

아버지와 엄마들의 재회 이야기 중에서 써먹을 만한 것은 역시 위기 상황일 때 달려가는 거겠지만, 그건 아무래도 쓸 수 없다. 악당들을 시켜서 일부러 아이샤를 위험에 빠뜨리고 돕는다니, 그런 짓은 하고 싶지 않았다.

‘말하자면 스스로 생각하라는 건가….’

그렇게 체념하려던 때.

“다만 그런 쪽으로 밝은 녀석이라면 한 명 알지.”

아버지가 그렇게 덧붙이며 어떤 인물을 소개해 주었다.

아버지는 '내가 아는 사람 중에 최고의 플레이보이고, 그런 상황에 익숙한 녀석이다'라고 그 사람을 평했다.

내 머릿속에 떠오른 사람은 엘리나리제 할머님이었지만, 아무래도 다른 사람이었던 모양이다.

"다만 진짜로 플레이보이니까, 그의 생각을 아이샤가 좋게 볼지는 모르겠군. 어디까지나 일반적인 지식으로 들어 두는 편이… 절대로 그 지식을 악용하면 안 되니까."

라고 추가로 당부까지 했다.

무슨 옛날이야기에 나오는 마법사를 소개받는 것 같아서, 조금 가슴이 뛰었던 것이 기억나는군.

그렇게 안내받은 곳은 아슬라 왕국의 왕성이었다.

이리저리 이야기가 통하는 사이에 위로 올라가서, 아주 화려한 집무실까지 도착했다.

왕성에는 몇 번이나 온 적이 있다.

아이샤와 도주한 뒤로는 오지 않았지만, 그 이전에는 파티 같은 곳에 몇 번 따라간 기억이 있다.

정신이 어질어질해질 정도로 화려한 세계다. 전쟁 중이 아니라면 너희도 한 번은 경험해 보는 게 좋을 텐데. 당시의 진짜 상류 계급이란 것이 뭔지를.

다만 그때는 이미 시간도 늦었기에, 휘황찬란한 느낌은 아무래도 별로 없었지.

"나는 요즘 바쁜데."

안내받은 방에는 한 남자가 있었다.

아슬라 7기사 필두인 루크 노토스 그레이랫.

아리엘 폐하의 심복으로 유명한 사람이다. 결코 검술이 뛰어난 것도 아니지만, 정치적인 수완과 인심 장악에 뛰어난 인물로, 전에 어느 파티에 따라갔을 때 지크가 흥분한 기색으로 말했던 것을 기억한다.

인심 장악에 뛰어나다고는 해도 여자를 맞으러 가는 이야기를 의논할 만한 상대는 아니다.

나는 그렇게 생각했지만, 나중에 다른 이들에게 들어 보니 '적임이네'라고 입을 모아 말했단 말이지.

나는 잘 모르지만, 젊었을 적에는 꽤나 방탕한 생활을 했다는 모양이다.

"그래서 여자 관련 고민이라고 들었는데, 뭐지? 재학 중에 임신시킨 영애에게 쫓기기라도 하는 건가?"

"우리 집 애는 그런 짓 안 합니다."

"안다. 네 아들의 교제 관계는 다 꿰고 있으니까…. 하지만 아슬라 왕립학교에 다닐 거면 귀족영애에게 쫓기는 정도야 각오해 두는 편이 좋아."

"어째서?"

"아리엘 폐하께서는 네 아들과 당신의 자식을 결혼시키고 싶어 하시니까. 별로 매력이 없는 여성들을 준비시켜서 왕녀를 보다 매력적으로 보이게 하려는 작전을 취하시겠지."

"그만! 우리 애는 정한 사람이 있으니까, 유혹하면 안 됩니다."

"농담이라고 말하고 싶지만, 왕녀 한 명이 찾아오는 정도는 각오해 둬라."

아버지와 루크 님은 사이가 좋은지, 그런 이야기를 나누었다.

루크 님은 농담이라고 했지만, 그 뒤에 아슬라 왕립학교에 다니기 시작한 뒤로 그런 유혹이 없었냐 하면 꼭 그렇지도 않았지. 그중에는 매력적인 애도 있었어. 가슴이 크고… 하지만 내게는 아이샤가 있었으니까 끝까지 넘어가지 않았다. 진짜로.

"아이샤는 어쩌고 있습니까? 손은 안 댔겠죠? 그랬다간 나는 이 성을 박살 낼 겁니다."

"네 가족에게 손을 댈 정도로 여자가 모자라진 않아. 아이샤가 매력적인 건 인정하지만, 그 이상으로 우수하다. 하지만 아무리 우수해도 남녀 문제가 얽이면 좋은 꼴 못 보지. 일부러 손을 대지 않고 있다."

"가령 손을 대려고 했어도, 우리 집 아이샤는 너 따위한테 안 넘어갑니다. 얼굴 좀 잘생겼다고 너무 잘난 척 마시죠."

"알고 있다. 농담이 안 통하는 녀석이군…. 어디, 본론에 들어갈까."

아이샤는 아슬라 왕립학교를 졸업한 뒤에 아슬라 왕성에서 일하고 있었다.

아리엘 폐하 밑에서 잔일과 사무를 보는 정도라고 본인은 말했지만, 주위에서 들리는 평가로는 '개혁이라고 할 만큼 대단한 일을 했다'고 한다.

아이샤가 이때 정한 룰은 지금도 아슬라 왕국에 살아 있다는 모양이다.

뭐, 최근 아슬라 왕국의 내부 사정은 모르지만. 국교단절 상태고.

아리엘 폐하가 돌아가신 뒤로 아슬라 왕국도 꽤나 변했겠고….

"그녀는 그리 발언이 강한 입장까진 아니다. 루드 용병단에서 온 객장 및 루데우스의 여동생이란 대우지만, 아슬라 왕국 안에서는 힘이 없는 거나 마찬가지지. 그렇다고 해도 그녀는 우수하고 붙임성도 좋으니까 곳곳에서 점수를 많이 따 놨다. 혹시 용병단을 그만두고 우리 쪽으로 온다면 괜찮은 대우를 준비하겠다는 이도 많고…. 물론 아리엘 님도 그렇게 생각하신다. 뭣하면 너와 함께 오라고 말이지."

나는 루크 님의 그 말에 고개를 내저었다.

"아뇨, 저는 아빠… 아버지의 밑에서 올스테드 님의 직속 부하로 일할 생각입니다."

"루데우스의 뒤를 잇겠다면 우리도 강요는 않는다. 아무튼 말이지. 아이샤는 그만큼 아슬라 왕국 사람들에게 호감을 얻어 놨다. 그녀를 중요한 인물로 대접하며 데려가지 않는다면 체면이 서지 않겠지."

나는 그때 곤혹스러웠을 거다.

나는 그저 어른이 되었기에 아이샤를 맞으러 가고 싶을 뿐이지, 그런 세력 다툼 같은 거야 아무래도 좋았다고 할까….

일단 아리엘 폐하는 올스테드 밑에 있고 조직적으로는 한편이니까, 체면을 세워야 한다는 것은 알겠지만….

"루크, 본론에 들어간다고 하면서 서론이 길지 않습니까?"

그때 나를 도와준 사람은 아버지였다.

아버지가 그렇게 말하자, 루크 님은 어깨를 으쓱였다.

"뭐든지 체면이란 건 필요하겠지."

"됐으니까 당신이 여자를 데리러 갈 때 쓰는, 최고로 멋진 방법을 떠오르는 대로 내 아들에게 가르쳐 주세요. 부탁합니다."

아버지가 머리를 숙이는 모습을 루크 님은 내심 싫다는 기색으로 보았지만, 이윽고 한숨을 쉬더니,

"마차다."

라고 말했다.

"쌍두마차, 2인승짜리로 객실이 제대로 있는 게 좋지. 최대한 호화로운 놈으로 해라. 말은 백마다. 흑마도 괜찮지만, 갈색털이나 반점 있는 건 안 된다. 그녀의 귀갓길로, 그녀의 지인도 지나갈 만한 장소에서 기다려라. 가능하면 왕성의 하인 출입구가 좋겠군. 미리 약속은 꼭 잡아 놓고. 하지만 전부 밝히지는 마라. '그날 데리러 간다'고만 해라."

"그, 그리고?"

"그녀가 오면 이렇게 말해라. '데리러 왔어, 가자'라고. 쓸데없는 소리를 할 필요는 없다."

"그거면 되는 겁니까?"

"그래, 그다음에는 별장이든 객점이든 데려가서… 알겠지?"

이번에는 아버지가 내심 싫다는 얼굴을 하고 '어디 왕자님 이야기야?'라고 중얼거렸지만, 루크 님의 방식은 효과가 확실하다.

라노아 마법 대학을 다녔을 때에도 여자들이 그런 이야기를 하던 걸 들은 적이 있다.

어느 날 교문에서 왕자님이 백마를 타고 데리러 와 준다는 이야기다.

하지만 그걸 생각하면 여자의 이상과는 다소 다른 부분이 마음에 걸렸다.

"왜 마차입니까? 말에 함께 타는 편이 좋지 않습니까?"

"모습을 드러내고 있으면 소문이 나지…. 아, 너는 그래도 좋으려나? 하지만 여성은 그런 소문을 꺼리는 이가 많아. 그 자리에서는 어디로 갔는지 불명확하게 남겼다가 나중에 정식으로 발표하는 걸 더 기쁘게 생각할 거다. 자기를 소중히 여긴다, 진심인 거다, 그렇게 말이야."

"내 아들에게 너무 이상한 테크닉을 가르치지 말아 주시겠습니까?"

"네가 가르쳐 달라고 하지 않았나?"

아버지가 점점 이상해졌지만, 그건 넘어가고.

당시에는 잘 몰랐지만, 아버지는 곧잘 이상해지니까.

"결국 내 말에서 중요한 것은 소망을 이뤄 준다는 점이다. 아이샤가 백마나 마차를 좋아한다고는 생각하지 않아. 그녀의 바람은 나보다도 너희가 더 잘 알겠지. 몇 년 못 만났다고 해도 말이야. 그걸 주축으로 생각해 봐라."

"아이샤 누나의 소망…."

그런 걸 내가 알 수 있을 리가 없다.

다만 아이샤의 소중한 것은 알고 있다.

어떤 식으로 대하는 걸 좋아하는지도 대충 안다.

"알겠습니다. 고맙습니다."

아버지가 '정말 괜찮아? 너무 흉내 내면 안 되는 건데?'라며 당황했지만, 결국 이것도 빨강 엄마와 싸웠을 때와 마찬가지다.

나 자신의 머리로 생각하고, 최선을 다해서 그걸로 부딪칠 뿐이다.

★ ★ ★

마차는 준비했다.

시킨 대로 제대로 객실이 있는 마차로, 다만 조금 더 큰 것으로 해서 백마 네 마리가 끄는 4인승 마차로.

미리 약속도 잡았다. 다름 아닌 아이샤니까 그날까지 관계자들에게 작별 인사를 해 두었을 거라고 생각한다.

아이샤는 일을 마치면, 왕성에서 하숙집까지 걸어서 돌아간다.

친해진 메이드들과 함께 돌아가는 모양이다.

그렇게 먼 거리는 아니고 귀족거리니까 치안이 좋다고는 해도, 걸어서 간다는 게 조금 걱정된다.

그런 귀갓길에 누가 매복이라도 한다면…. 나 같은 놈도 간단히 할 수 있으니까 걱정이다.

그런 생각도 들었지만, 왕성에 마차를 대려면 아무래도 허가가 필요할 테니까 그런 쪽으로는 안심해도 되겠지.

물론 마차로 길을 가로막는 짓은 하지 않는다.

어디까지나 귀갓길을 위한 이동 수단이다.

마차만 준비한 게 아니다.

꽃다발을 준비했다. 일단 집에 돌아가서 정원의 화단에서 꽃을 가져왔다.

아이샤가 좋아해서 키운, 아이샤가 좋아하는 꽃이다.

거기에 베이비 트렌트 비트에게서도 꽃을 받아서 꽃다발로 만들었다. 우리 집 정원의 향기가 난다.

멋대로 꺾어 왔다고 화낼지도 모르지만… 물론 다 꺾어 온 건 아니다.

나도 정원 일을 거들었으니까, 조금 정도라면 괜찮겠지.

적어도 비트와 제니스 할머니는 허락해 준 것 같다. 꽃이 필요하다고 했더니 저쪽에서 먼저 내밀었으니까.

복장도 라노아 왕국의 단골 옷가게에서 쫙 맞췄다.

아버지가 항상 이용하는 가게로, 아버지도 함께 가긴 했지만 그날 처음으로 나 혼자서 원하는 바를 말하고 고르고 구입했다.

가게 사람들도 아버지도 잘 어울린다고 말했지만, 거울을 보았을 때의 내 모습은 옷이 너무 으리으리해 보일 뿐이었다.

평소에 빨강 엄마의 모습에 너무 익숙해서일지도 모르지만, 나는 검신류 옷차림이 어울린다고 생각해.

약속시간이 가까워졌기에 마차에서 내려 아이샤를 기다렸다.

왕성의 하인용 출입구는 진짜 하인용이 맞나 싶을 정도로 크고, 마차나 말로 귀가하는 사람도 많은 모양이다.

그도 그렇겠지. 왕성에서 일하고 있으니, 태반은 귀족이나 거기에 준하는 이들일 테니까.

메이드들을 봐도 관리직인 하급 귀족의 자녀라는 모양이고, 병사는 평민일지도 모르지만 신원이 확실한 자들밖에 없을 것이다.

그런 이들이 나를 보면서 무슨 일이냐고 속닥거리며 지나간다.

비슷한 또래의 사람도 몇 명 있었다.

그들은 나를 보더니 뭔가 눈치챈 얼굴을 하며 서둘러 지나갔다.

뭐라고 소곤대는 소리도 들려온다.

여자들은 작은 소리긴 하지만, 분명히 흥분한 기색으로 말하였다.

하지만 뭐 하는 거냐고 묻는 자는 아무도 없었다.

뭐, 잘 빼입고 꽃다발까지 손에 들고 있으니까, 이해들 했겠지.

…실수한 걸지도 모르겠다.

지금까지 생각도 안 했지만, 아이샤가 거절하기라도 하면 어쩌지.

누가 비웃는 정도는 아니지만, 아무래도 복장 선정을 잘못한 것 같다.

아슬라 왕국과 라노아 왕국에서는 옷 관련 센스가 다르다고 할까, 어째 내가 붕 뜬 것처럼 느껴진다.

파티에라도 나가는 옷차림을 한 건 나 혼자다.

아이샤는 현실적이고 우수하다.

이런 식보다도 더 평범하게, 하숙집에 찾아가는 편이 좋지 않았을까.

아니면 더 화려하게 한다든가. 정말로 파티라도 여는 식으로?

아니, 그건 진짜로 아니지….

불안해하며 기다리고 있자, 왕성에서 한 여성이 나오는 게 눈에 들어왔다.

어깨 정도까지 기른 머리를 올렸고, 예전에 내가 선물한 머리 장식이 거기서 흔들리고 있었다.

그리고 복장이, 뭐라고 해야 할까, 드레스를 입고 있었다.

새빨간 드레스다. 그런 옷차림으로 일을 하는 것은 아니겠지.

이제부터 파티에 가는 걸까.

…그런 생각을 품을 만큼 둔감하지 않다.

아이샤는 나를 위해 차려입은 것이다.

내가 이런 옷을 입었듯이, 아이샤도 어울리는 옷으로 왔다.

그걸 깨달은 순간 내 가슴은 터질 듯이 울렸다.

아이샤가 거절한다니 무슨 소리.

그녀 또한 분명 계속 기다렸던 것이다.

내가 어엿한 어른이 되어서 맞으러 오기를.

물론 기다리기만 했던 것은 아니겠지.

루크 님에게서 들은 아이샤의 인상은 내가 알던 아이샤와 다소 달랐다.

아이샤가 우수한 건 틀림없고 누구든 미칠 듯이 탐낼 만한 인재라는 것은 이전과 마찬가지지만, 주위에 체면을 세워야 한다는 것은 이전에 없었던 평가 아니었을까.

아이샤는 우수하고, 나야 좋아하긴 해도 조직 내부에서 미움 사는 상대에게는 끝없이 미움 사는 타입이었을 테니까….

아니, 그래도 싫어하는 사람은 있겠지. 모두에게 사랑받을 수는 없다.

하지만 그 이야기를 들었을 때 인상이 변할 정도로 아이샤도 자신의 단점을 바꾸려 해 왔을 것이다.

나와 맺어지기 위해서, 같이 어른이 되려고 해 주었다.

아마도. 분명히.

"와아, 많이 컸네."

아이샤가 눈앞에 왔다.

정말로 오랜만에 아이샤를 눈앞에 두었다.

몇 년 동안 여러 여성을 봤다고 생각한다. 아무래도 나는 가슴이 큰 여성이 있으면 보게 되니까. 본능적으로 만지고 싶든가 안고 싶다고 생각할 때도 있다.

"몇 년 못 본 것뿐인데 몰라봤어. 우와…. 난 아르스 군을 계속 좋아한다고 생각했는데, 다시 한번 반한다는 게 이런 걸까?"

하지만 아이샤를 보고 다시 한번 생각했다.

"어라? 어~이, 아르스 군? 왜 그래?"

내가 좋아하는 것은 아이샤뿐이라고.

"…어라라? 혹시 날 기다리는 게 아니었어? 다른 사람이었어?"

아이샤가 살짝 농담을 섞어 가면서, 하지만 조금 서글프게 그렇게 말했을 때 나는 간신히 입을 열었다.

무릎을 꿇고 꽃다발을 내밀고, 그녀의 눈을 보며 말했다.
"사랑합니다. 결혼해 주세요."
"……."
아이샤는 몇 초 동안 입을 뻐끔거리기만 했다.
하지만 심호흡을 한 번 한 후.
자세를 바로하고 꽃다발을 받아 주었다.
"기꺼이."
이렇게 나는 아이샤와 결혼했다.

★ ★ ★

아이샤와 재회하면 하고 싶은 것은 딱 하나.
나는 얼른 왕성 옆에 세워 두었던 마차로 아이샤를 데려갔다.
"와, 멋진 마차네. 아르스 군에게 이런 면이 있다니…. 못 본 사이에 난봉꾼이 되거나 한 거 아냐?"
"무슨 소리야. 루크 님에게 물어봤더니 이런 걸 준비하라고 해서 했을 뿐이야."
"난봉꾼에게 물어보다니. 아아, 난 이제 어디로 끌려가는 걸까? 그것도 물어봤지? 뭐, 괜찮겠지. 나는 아르스 군의 아내가 되었으니까. 오늘은 어디든 함께하겠습니다. 물론 오빠랑 언니들에게 허락은 받았지?"

아이샤는 킥킥 웃으면서 마차를 보고, 마부석에 앉은 남자에게 '잘 부탁드리겠습니다'라고 인사했다.

예전의 아이샤라면 인사 같은 건 하지 않았겠지.

요금을 선불로 하는 관습이 있으면 듬뿍 더 얹어 줬을지도 모르지만.

"외관보다도 일단 마차 안에 들어가 봐."

"어머나, 내가 좋아할 만한 선물이라도 준비했어?"

"응, 기뻐해 주면 좋겠어."

아이샤가 스커트 자락을 들어 올리기에 나는 마차 문에 손을 댔다.

천천히 문을 열고, 아이샤의 손을 잡고 마차 안으로 데려갔다.

그 안에는,

"아이샤."

"아."

두 사람이 타고 있었다.

한 명은 아이샤에게 뒤지지 않을 정도의 드레스 차림을 한 여성.

리랴 할머니.

"엄마."

그리고,

"…르로이?"

아직 어리지만 잘 차려입은 세 살짜리 소년.

참 똘똘하기도 하다. 이 나이 때의 나는 가만히 있지를 못해서, 마차에서 기다리는 건 도무지 불가능했을 텐데.

물론 평소에는 이렇게 얌전하기만 하지 않다.

오늘 누구와 만나는 건지 아는 걸지도 모른다.

이미 철이 들었는지 아닌지 모를 나이라고 해도, 오늘 중요한 만남이 있다고 이해한 걸지도 모른다.

아이샤는 두 사람을 교대로 보더니 순간 망설인 뒤에 리랴 할머니에게 눈짓을 보냈다.

리랴 할머니가 가볍게 끄덕이자, 아이샤는 르로이에게, 자기 아들에게 손을 내밀었다.

"으음, 르로이! 많이 컸구나!"

르로이의 두 겨드랑이에 손을 넣고 끌어안았다.

"내가 네 엄마야. 기억해?"

"……."

르로이는 조용히 고개를 저었다.

그렇겠지. 기억할 리가 없다.

"엄마…."

하지만 르로이는 계속 그런 말을 들으며 자랐다.

집에 있는 엄마라고 불리는 사람들에게, 우리는 네 엄마가 아니라고.

그럼 내 엄마는 어디에 있나, 그런 의문을 말한 적은 없었다.

아직 어린 탓도 있었지만, 조금씩 말을 하게 된 뒤로도 마찬가지다.

하지만 분명 계속 생각했겠지.

나는 애정을 주며 키웠다고 생각한다. 집에 있는 가족들은 모두 그랬다.

엄마들도 르로이를 귀찮게 생각하지 않았다.

하지만 세 엄마들은 결코 르로이의 엄마가 되려고 하지 않았다. 다소 모호하긴 했지만, 거기서는 선을 그었다.

"엄마…."

르로이는 아이샤를 껴안고 울음을 터뜨렸다.

아직 말도 제대로 못 하지만, 뭔가 느낄 수는 있었다.

"오오, 그래, 그래. 미안해, 계속 못 만나서. 르로이를 싫어해서 그랬던 게 아냐. 엄마가 못된 짓을 해서 그래. 미안…. 하지만 앞으로는 계속 같이 있을 거니까."

아이샤는 눈물을 머금으면서도 그렇게 말하며 르로이의 등을 툭툭 두드렸다.

그리고 르로이의 어깨 너머로 나를 보았다.

"아르스 군…. 정말 어른이 되었구나."

아이샤는 그렇게 말했다. 감격스럽게.

아이샤와 재회하면 하고 싶은 것은 하나.

그것은 본심이지만, 지금의 내가 그걸 우선하면 안 된다는 정도는 안다.

"너무 부담 갖거나 자신을 억누르기만 하면 안 돼. 앞으로는 나도 같이 있을 거니까."

그런 내 마음을 이해한 건지, 아이샤는 그렇게 말해 주었다.

뭐, 하지만 분명히 **당시**의 나는 마음에 부담이 컸던 걸지도 모른다.

나는 제몫을 하게 되고, 어른이 되고, 아빠가 되고, 그레이랫 가문을 이을 거니까.

그런 식으로 생각해 왔다.

스스로에게 기합을 넣는다고 생각했지만, 너무 부담이 컸던 거겠지.

"엄마."

내게서 시선을 거둔 아이샤는 리랴 할머니 쪽을 보고 이렇게 말했다.

"다녀왔어요."

"어서 오세요."

"엄마가 바라던 대로 되지 못해서 미안해요."

아이샤가 갑자기 꺼낸 말에 리랴 할머니는 눈을 크게 뜨면서도,

"아니, 나도 너무 내 뜻대로만 키우려고 했습니다. 미안해요."

막힘없이 술술 그렇게 대답했다.

야반도주에서 돌아왔을 땐 할 수 없었던 말.

사실은 그날 머릿속에 계속 스쳤고, 계속 말하려고 했던 말

이다.

나는 몇 년 동안 리랴 할머니와 몇 번이나 이야기를 나누었다. 아이샤와 리랴 할머니의 관계를 회복할 수 있는 것은 분명 원흉인 나밖에 없다고 생각했으니까.

그러니까 오늘도 리랴 할머니는 정말 같이 가도 되는 거냐, 르로이만 가는 게 좋지 않겠냐, 라고 몇 번이나 물었지만, 나는 괜찮다고 고집하며 데려왔다.

나는 리랴 할머니가 아이샤를 정말로 물건처럼 다룬 게 아니라는 걸 알기 때문이지. 리랴 할머니는 생각이 좀 과격할 때가 있을 뿐이다.

분명 나중에 단둘이 있을 때면 더 깊은 이야기를 나누겠지만, 그때는 이것뿐이었다. 그걸로 충분했다.

"좋아, 그럼 넷이서 밥 먹으러 갈까."

그러니까 나는 그렇게 제안했다.

아이샤는 그 말을 듣고 빙그레 웃으면서 마차에 올라탔다.

"와아. 오늘은 점심 안 먹었으니까 배고파. 어디로 데려갈 거야?"

"귀족거리 구석에 야경이 보이는 레스토랑이 있다니까 거기로 할까 해."

"우와, 못됐어. 거기는 루크 씨가 여자를 꼬실 때 쓰는 곳이잖아. 엄마, 아르스 군이 좀 못 본 사이에 난봉꾼이 되었어~ 어떻게 해~?"

"아이샤, 도련님은 당신을 위해서…."

"알고 있어. 농담이야…. 역시 난 좀 흥분했나 봐. 오랜만에 만나고, 앞으로 함께 있을 수 있다고 생각하니…. 고마워, 아르스 군, 그리고 엄마도."

아이샤는 어떻게 해야 좋을지 모르겠다는 듯이 웃었다.

분명히 오랜만에 만난 아이샤는 좀 텐션이 높은 것처럼 느껴졌다.

하지만 그건 '아아, 변하지 않았구나'라고 느끼기에 충분할 만큼, 내 기억에 있는 아이샤 그 자체라고 할까, 야반도주를 떠나기 전의 씩씩한 아이샤였다.

다름 아닌 아이샤니까 일부러 밝은 척했던 걸지도 모르지만….

그래도 밝은 아이샤에게, 이전과 똑같이 대해 주는 아이샤에게, 나와 리랴 할머니는 안도했다.

오히려 내가 긴장해서 굳어 있던 걸지도 모른다.

"다녀왔어."

그렇게 아이샤는 돌아왔다.

★ ★ ★

"그로부터 오랜 세월 동안 나는 아이샤와 함께 보냈지. 아슬라 왕립학교를 다니고, 졸업해서 정식으로 올스테드 님의 부하 및 아버지의 부하 겸 루드 용병단의 고문조수가 되었다. 아이샤에게 루드 용병단의 운영에 대해 배우면서 아버지와 빨강 엄마의 뒤를 따라서 전 세계를 날아다니는 나날. 마지막에는 루드 용병단의 단장이 되고… 뭐, 그다음은 대충 너희가 아는 바야."

아르스는 마지막에 그렇게 매듭을 지었다.

두 부하는 어느 틈에 자리에 앉아서 얼빠진 얼굴로 듣고 있었지만, 이야기의 마무리를 듣고 만족한 기색으로 끄덕였다.

"꽤 좋은 이야기였네. 헨리, 너도 참고로 해. 나를 맞으러 올 때는 마차로."

"아니, 역할을 생각하면 아무리 봐도 오히려 내가 기다리는 쪽이겠죠."

부하들은 농담을 주고받으며 일어서더니 책으로 시선을 주었다.

"그렇긴 해도 그거 진짜로 그냥 일기로군요. 환상의 29권이라고 하길래 뭔가 대단한 내용이 있을 거라 생각했습니다."

"나한테는 충분히 대단한 거였어. 당시 아버지가 무슨 생각을 하셨는지, 지금으로선 알 수 없으니까. 찾아 줘서 고맙군."

"흐음, 그런 겁니까. 나는 아버지가 무슨 생각을 하는지 알고 싶지 않습니다만."

"뭐, 그래도 가능하면 아이샤가 죽기 전에 발견하고 싶었구만."

"좀 무리한 이야기 아닙니까…. 찾으려고 찾은 것도 아니고. 그보다 이때의 아이샤 씨는 우리가 아는 아이샤 씨하고는 전혀 다르군요."

헨리가 아는 아이샤란 인물은 엄하면서도 다정한 사람이었다.

실패에 관용적이고, 헨리나 루이세리아처럼 융통성 없는 타입에게도 화내지 않고 자상하게, 하지만 뭘 해야 할지, 뭐에 주의를 기울여야 할지 적절하게 가르쳐 주었다.

능력이 부족한 인간을 얕잡아보는 짓은 절대로 하지 않는 사람이란 느낌이다.

"너희는 가족이니까 좀 더 너그러운 것도 있지만…. 그래, 역시 그 야반도주 이후로 변했지, 아이샤도."

그런 아이샤도 반년 정도 전에 세상을 떠났다.

나이가 들었기 때문이었다.

올스테드 말로는 조금 더 살 수 있었다고 했지만, 요 몇 년은 격동의 시대였다. 아이샤도 그 두뇌로 귀신제국을 몇 번이나 승리로 이끌었다. 시간제한이 있는 가운데 가장 효율 좋게 귀신제국의 판도를 확대시켰다.

연일 밤낮을 가리지 않는 격무였다. 지칠 만도 하겠지.

전쟁 중인 나라였으니 장례식을 성대하게 치를 수도 없었지만, 그래도 장례식 참가자는 많았다.

다들 울고 있었다. 타산 없이 순수하게 슬퍼하고 있었다.

그녀의 계략은 많은 사람들의 목숨을 구했지만, 그것만이 아니었다.

그녀의 존재가, 마음이, 배려가, 많은 이들을 구했다. 그러니까 많은 이들이 그녀를 흠모했다.

그리고 아이샤는 그것을 받아들였다.

타산이 아니라 마음으로.

이 책을 쓸 때의 루데우스가 그 광경을 보았으면 분명 만족스럽게 웃었겠지.

"당시에는 참 미안하게 생각했지만… 그런 식으로 도망쳤던 게 다행이었군."

아르스는 그렇게 중얼거렸다.

그 야반도주 이후로 아이샤가 변한 것은 알고 있었다.

하지만 어떻게 변하려고 했는지, 목표가 무엇이었는지는 듣지 못했다.

말로 할 수 있을 만한 것도 아니니까 일부러 말로 하지 않았던 걸지도 모른다.

아무튼 아이샤는 분명 그날 목표로 한 장소에 도달했겠지.

"정말로, 다행이야."

아르스는 그렇게 중얼거렸다. 오랜 숙제가, 오랜 응어리가 해소된 기분이었다.

"다음에 또 아이샤 씨의 성묘라도 가지요."

"그래. 다음 작전이 끝나면."

아슬라 왕국 침공에서 중요한 작전이다.

이 작전은 아이샤가 고안한 것이기도 하다.

그녀는 이 작전을 제안한 뒤에, 잠들 듯이 세상을 떠났다.

설명은 들었지만, 다소 복잡한 면도 있다. 의도를 완벽히 이해했다고 장담하긴 힘들지만, 우리는 그 뒤를 쫓듯이 이 작전을 실행하겠지.

아이샤의 마지막 일이다. 반드시 성공시켜야만 한다.

"그렇다곤 해도 나는 여기 남겠지만."

아르스는 늙었다.

아직 못 움직일 만한 나이도 아니지만, 장시간의 행군은 힘들다.

고로 이 작전의 핵심인 요새 수호를 명받았다.

"아니, 제일 중요한 요소 아닙니까."

"적은 안 올 테니까 차나 마실 뿐이야."

"요소니까, 안 오는 건 아니겠죠."

"안 와. 나는 너희를 신뢰한다고."

"그런 말 앞에서는 약해지는데. 안 그래, 루이셰리아 씨?"

"나는 명령받은 임무를 수행할 뿐이야. 그리고 명령을 내린 건 이 녀석이야. 이 녀석이 안 온다고 하면 안 오겠지."

헨리와 루이셰리아의 임무에는 이 요새의 존재를 은폐하는 것도 포함되어 있었다.

요새의 정보를 쥔 자를 찾아내고 말살하는 것도 그들의 일이었다.

그리고 두 사람은 그 일을 완벽하게 해냈다고 생각한다.

하지만 만에 하나의 경우는 있다. 적이 무슨 방법으로 정보를 입수했다면 분명 공격해 오겠지. 억에 하나 여기를 빼앗기기라도 하면 귀신제국은 그 영토의 절반을 잃을 수도 있다.

그 정도로 중요한 곳이다.

올스테드가 가장 신뢰하는 부하를 배치하는 것을 주저하지 않을 정도로.

아르스도 그걸 이해하니까 이렇게 웃으면서 이야기하고 있다.

너희는 등 뒤를 걱정하지 말고 눈앞의 일에 집중하라고 말하듯이.

"나보다 너희가 걱정이다. 죽지 마라."

아르스라는 전력이 전선에 못 나가는 대신 다른 자는 전장에서 동분서주하게 된다.

헨리와 루이셰리아도 그건 마찬가지라서, 사지를 넘나들게 되겠지.

아슬라 전선은 누가 죽어도 이상하지 않은 전장이 될 것이다.

그런 곳에 젊은이를 보내야 하는 아르스는 복잡한 마음이기도 했다.

"네, 열심히 하겠습니다~!"

"안심해, 나는 안 죽어."

하지만 아르스의 걱정과 달리 두 젊은이의 반응은 몹시 가벼웠다.

죽음을 가볍게 보는 걸까, 아니면 스스로에게 과도한 자신감을 품고 있는 걸까….

"어이, 너희…."

그걸 나무라려던 아르스는 도중에 말을 끊고 대신 쓴웃음을 지었다.

방금 전에 젊었을 때 이야기를 했기 때문일까, 이상하게 부끄러워진 것이다.

그렇게 바보였던 자신이 지금은 지도하는 입장이 되어 젊은 이들의 바보짓에 고개를 젓고 있다.

시간은 사람을 단련한다고 하지만, 대부분의 경우 본인에게 그런 자각은 없다.

아르스 또한 그랬다.

아직 미숙하다고 생각하며 살아왔는데 이미 노인이다.

분명 그들도 이렇게 바보짓을 하면서, 어딘가에서 실수를 하고 반성을 하는 사이에 성장하고, 어른으로, 그리고 노인으로 변해 가는 거겠지.

"뭐, 기운이 넘치니 좋은 걸로 할까. 그럼 어서 가라. 올스테드 님에게는 내가 보고할 테니까, 가서 푹 쉬어라."

그럼 내가 해야 할 일은 잔소리가 아니다.

뒤에서 지탱해 주면서 안심감을 주고, 젊은이가 실패했을 때에 뒤처리를 해 준다.

그거면 된다.

자기가 그랬던 것처럼, 살아 있기만 하면 실패했더라도 인생은 이어질 테니까.

'혹시나 아버지도 그런 마음이었을까?'

퇴실하는 두 사람을 지켜보면서 아르스는 그렇게 생각했다.

루데우스는 별로 아버지답지 않은 아버지라서, 오히려 빨강 엄마 쪽이 아버지라는 느낌이었다.

아르스도 자기가 아버지가 되었을 때 빨강 엄마를 참고로 했던 것 같다.

하지만 아버지는, 루데우스는 그런 마음가짐으로 자식들을 대했던 걸지도 모른다.

"아버지, 하지만 그건 자식이 아니라 손주를 대하는 방법인데…."

아르스는 그렇게 중얼거리더니 『루데우스의 서』를 봤다.

사후에도 계속 전해지는 루데우스 그레이랫의 모습은 아버지로서 그리 우수하지 않았다.

하지만 그것도 자기 나름대로, 서툴면서도 열심히 자식들을 키우려고 했던 것이란 사실은 이 책을 읽고서 느꼈다.

아르스도 자기 자식에게는 그랬다. 아버지보다 잘했다고는 생각하지만, 완벽했다고는 할 수 없다. 마음대로 되지 않는 일은 많이 있었다. 그리고 아르스의 아들 르로이 또한 자기 딸에

게는 고생하는 모양이었다.

'후후…. 이렇게 나이를 먹으니 알게 되는 것도 있군.'

젊었을 적의 아르스였다면 루데우스의 생각을 이해하지 못했겠지.

손주가 생긴 정도로도 아직 무리였을지 모른다.

하지만 지금이라면 알 것 같아서 아르스의 입에서 웃음이 피어났다.

오랜만에 떠올린 아버지와 자기 자식의 공통점… 나아가서 자신과의 공통점에 기뻐져서 『루데우스의 서』의 표지를 가만히 쓸어 보았다.

생채기가 나지 않도록 조심스럽게 책을 손에 들고 아르스는 일어섰다.

그리고 올스테드에게 이 책을 전해 주기 위해, 나이에 비해 힘찬 발걸음으로 방을 나갔다.

3권 끝

무직전생

무직전생 ~사족 편~ 3

2025년 11월 10일 초판 발행

저자 리후진 나 마고노테
일러스트 시로타카
옮긴이 한신남

발행인 정동훈
편집인 여영아
편집 팀장 황정아 김은실
편집 노혜림

발행처 (주)학산문화사
등록 1995년 7월 1일
등록번호 제3-632호
주소 서울특별시 동작구 상도로 282 학산빌딩
편집부 02-828-8838
영업부 02-828-8986

ISBN 979-11-411-6800-1 04830
ISBN 979-11-411-3784-7 (세트)

값 9,000원

Premium
extreme
novel